共和国的历程

空中较量

解放军空军实施反袭扰反侦察作战

刘干才 编写

蓝天出版社　吉林出版集团有限责任公司

图书在版编目（CIP）数据

空中较量：解放军空军实施反袭扰反侦察作战 / 刘干才编写.
—北京：蓝天出版社，2014. 1（2023.3重印）
　（共和国的历程）
　ISBN 978-7-5094-1075-2

　Ⅰ．①空… Ⅱ．①刘… Ⅲ．①革命故事－作品集－中国－当代 Ⅳ.
①I247. 8

中国版本图书馆 CIP 数据核字（2013）第 305426 号

空中较量——解放军空军实施反袭扰反侦察作战
编　　写：刘干才
策　　划：金永吉　荆忠峰
责任编辑：祖　航　孔庆春
出版发行：蓝天出版社　吉林出版集团有限责任公司
地　　址：北京市复兴路 14 号
邮　　编：100843
电　　话：010—66983715
经　　销：全国新华书店
印　　刷：北京柏玉景印刷制品有限公司
开　　本：710mm×1000mm　1/16
字　　数：69 千
印　　张：8
版　　次：2014 年 4 月第 1 版
印　　次：2023 年 3 月第 3 次
定　　价：29.80 元

前　言

　　中华人民共和国自1949年10月1日成立以来，已走过了六十多年的风雨历程。历史是一面镜子，我们可以从多视角、多侧面对其进行解读。然而有一点是可以肯定的，那就是，半个多世纪以来，在中国共产党的领导下，中国的政治、经济、军事、外交、文化、教育、科技、社会、民生等领域，都发生了深刻的变化，中国人民站起来了，中华民族已屹立于世界民族之林。

　　这段时间放到整个历史长河中是短暂的，有如弹指一挥间，但它带给中国的却是极不平凡的。六十多年里神州大地经历了沧桑巨变。从开国大典到60年国庆盛典，从经济战线上的三大战役到经济总量居世界前列，从对农业、手工业、资本主义工商业的三大改造到社会主义市场经济体制的基本确立，从宜将剩勇追穷寇到建立了强大的国防军，从废除一切不平等条约到独立自主的和平外交政策，从"双百"方针到体制改革后的文化事业欣欣向荣，从扫除文盲到实施科教兴国战略建设新型国家，从翻身解放到实现小康社会，凡此种种，中国人民在每个领域无不留下发展的足迹，写就不朽的诗篇。

　　六十几年在历史的长河中犹如沧海一粟，但对身处其间的个人却是并非无足轻重的。其间究竟发生了些什么，怎样发生的，过程怎样，结果如何，非人人都清楚知道的。对此，亲身经历者或可鲜活如昨，但对后来者却可能只是一个概念，对某段历史的记忆影像或不存在或是模糊的。基于此，为了让年轻人，特别是青少年永远铭记共和国这段不朽的历史，我们推出了这套《共和国的历程》。

《共和国的历程》虽为故事形式，但与戏说无关，我们是想借助通俗、富于感染力的文字记录这段历史。这套丛书汇集了在共和国历史上具有深刻影响的重大历史事件。在丛书的谋篇布局上，我们尽量选取各个时代具有代表性的或深具普遍意义的若干事件加以叙述，使其能反映共和国发展的全景和脉络。为了使题目的设置不至于因大而空，我们着眼于每一重大历史事件的缘起、过程、结局、时间、地点、人物等，抓住点滴和些许小事，力求通透。

历史是复杂的，事态的发展因素也是多方面的。由于叙述者的视角、文化构成不同，对事件的认知或有不足，但这不会影响我们对整个历史事件的判断和思考，至于它能否清晰地表达出我们编辑这套书的本意，那只能交给读者去评判了。

这套丛书可谓是一部书写红色记忆的读物，它对于了解共和国的历史、中国共产党的英明领导和中国人民的伟大实践都是不可或缺的。同时，这套丛书又是一套普及性读物，既针对重点阅读人群，也适宜在全民中推广。相信它必将在我国开展的全民阅读活动中发挥大的作用，成为装备中小学图书馆、农家书屋、社区书屋、机关及企事业单位职工图书室、连队图书室等的重点选择对象。

编　者
2014 年 1 月

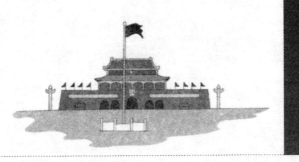

目 录

一、 反侦察作战

●鲁珉熟练地启动了按钮，顷刻间，一连串的炮弹拖着长长的"尾巴"射向敌 B-17 型飞机。

●领航主任张文逸奉命出击，地上雷达依旧仔细观察着可疑目标的一举一动，时刻为张文逸提供准确的信息。

●航空兵第十二师截击机大队飞行员李顺祥，驾驶米格-17 波爱夫型飞机在指挥所的引导下，冲入高空迎截敌机。

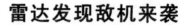

雷达发现敌机来袭

　　1956 年 6 月 22 日，东南沿海被漆黑的夜色笼罩着，23 时左右，解放军驻浙江衢州机场的航空兵部队，接到了来自防空部队观察哨的情报，说有国民党飞机在附近海域活动。

　　观察哨里的雷达兵马上警觉起来，迅速来到荧光屏面前仔细查看。他们通过认真辨认，迅速、准确地侦察到一架国民党 B - 17 型飞机正在向我方飞行。

　　指挥员下达了歼击敌机的命令，机场和指挥所的战勤人员忙碌起来……

　　原来，在 50 年代中后期，蒋介石为了配合"反攻大陆"的计划，不但反复向沿海地区派遣武装特务，还不断派遣美制飞机入侵我沿海地区，进行高空侦察。

　　当时中央向全军发出如下指示：

　　　　蒋机不断被人民空军部队、地面部队击落。美国对于蒋介石的空中侦察予以配合，不断派飞机到大陆进行侦察与破坏活动。

　　　　人民空军予以有力回击，先后击落侵入中国领空的美机 20 余架。与此同时，人民空军还多次击落台湾从美国购进的 U - 2 型高空侦察机……

　　事实上，解放军空军建立后，即面临着紧迫的作战任务。当时一些沿海岛屿还被国民党军队占据，他们经常派飞机对沿海要地进行骚扰破坏，使刚刚建立的空军肩负着要地防空的重任。

　　1949 年冬，国民党政府逃到台湾后，其空军不断对大陆沿海地区，包括上海、杭州、南京、徐州、广州等城市进行轰炸破坏。

　　特别是上海，从 1949 年 10 月至 1950 年 2 月，国民党空军空袭达 26 次之多。尤其是 1950 年 2 月 6 日，台湾国民党空军共出动 17 架飞机，分 4 批轮番轰炸上海电力公司、沪南和闸北水电公司等。当时投下炸弹 60 余枚，炸毁房屋 2000 多间，死伤居民 1400 余人，使大部分工厂停产，给人民生命和财产造成巨大损失。

　　所以，加强沿海及其他城市的防空，成为新形势下斗争的焦点。为此，中央军委立即加强华东军区的防空组织领导，增加沿海防空力量。

　　1950 年 6 月，朝鲜战争爆发后，不仅国民党的飞机对大陆进行袭扰破坏，连美国军用飞机也不断侵犯中国领空进行侦察。

　　在此情况下，中国的国土防空被提到重要日程上来，在华东、中南、东北、华北地区建立了防空监视哨网，传递空情；各主要城市及工业区设立了防空司令部，负

反侦察作战

责防空的组织指挥。

在上海地区防空力量日益加强的情况下，苏联协助上海地区防空的航空兵部队，先后击落国民党空军袭扰飞机5架。

敌机被击落后，不再那么嚣张了，也初步扭转了防空形势。此后，国民党空军的飞机窜犯上海地区的活动大大收敛。

中国人民解放军第四混成旅成立后，立即进驻上海担任防空任务。协助上海防空的苏联航空兵回国，把全部装备有偿移交给中国，共有飞机19架，探照灯72部，雷达12部。

为统一指挥沿海地区的歼击航空兵部队，解放军于1952年7月31日成立了空军第四军军部，并在金山等地建立辅助指挥所。这就扩大了歼击机的作战范围，使沿海地区的防空作战能力有了较大提高。

随着朝鲜战争的结束，中国大陆处于相对和平的环境中，而空中斗争却出现了紧张的局面。在美国的支持下，国民党空军对大陆的袭扰破坏活动，从东南沿海扩展到纵深地区。

50年代至60年代，国民党空军始终把东南沿海地区作为窜扰侦察的重点，因此，人民空军反袭扰防空作战的重点亦在沿海地区。

1954年以前，国民党军飞机夜间窜入大陆，每年达100架次左右，主要使用B－24、B－25、B－26、C－46

等几种飞机，从事空投特务、散发传单、接济潜伏在大陆的残余势力等破坏活动。

由于敌机受到解放军的沉重打击，1955年以后，国民党启用了 B－17 型飞机，这些飞机常常会夜间窜入内地沿海进行电子侦察。

国民党空军使用的 B－17 型飞机，是由美国政府提供的，其使用权由美国情报机构"海军辅助联络中心"控制，竭力充当蒋介石反攻大陆的后盾。美国政府不断唆使国民党空军对我沿海地区实施侦察，以达到他们罪恶的企图。

B－17 型飞机对我沿海地区实施侦察，实际上是美国政府出飞机、出钱，国民党出人出力，为美国获取中国大陆战略情报的一种特殊形式的间谍活动。

解放军空军用于夜间拦截的作战飞机是米格－15、米格－17 型歼击机。这种飞机没有装备截击雷达，只能全靠飞行员的目光搜索发现目标，因此，先进的美国侦察机常常会成为"漏网之鱼"。

但是，战士们都信心百倍，决心用双眼代替雷达，狠狠地打击敌机的嚣张气焰，让它有来无回。

当时，空军飞行员看到了敌机灯光，还没等开火，目标便消失了，因此，在1955年，空军夜间拦截敌机的效果并不是很明显。

然而到了1956年，解放军空军调整了雷达部署，主要作战基地初步形成了引导网，引导成功率有所提高，战士们对歼敌也充满了信心。

正是由于解放军进行了雷达部署，我们才看到了文章开头那一幕……

6月22日这天，一架国民党"空军总司令部情报署"的美制B－17型飞机，从浙江路桥以南窜入大陆，高度约2000米。

敌机上带有电台，还有大量的造谣诬蔑性传单，敌人觉得解放军的空军仍然拿他们没办法，还可以肆无忌惮地干他们的坏事。

但是敌人的如意算盘打错了，因为解放军在这一年已经部署了大量的雷达系统，这架敌机刚进入内地沿海，就被解放军防空部队的雷达盯住了。

解放军雷达系统处于严密监视状态。

雷达站发现敌情后，解放军的歼击机载满了炮弹待命起飞，做好了空中歼敌的准备。

正在雷达站值班的包钰桥，全神贯注地操纵着机器，牢牢地监视着B－17型飞机，保持信号的清晰，防止敌人再次溜走。

同一时刻，部署在各个要地的高射炮阵地上，炮兵们也仔细地看着远方的天空。战士们无心欣赏蓝色的天空，炮里已经装好了弹药，严阵以待，就等目标的出现了。

解放军空军一级战斗英雄、航空部第十二师第三十四团少校团长鲁珉，在获悉敌情后，马上驾驶速度极快的喷气式米格－17歼击机冲入高空。

此刻，领航员汤志耀仔细观察着荧光屏上敌机的航迹，精确地计算着高度、速度、方位，并不时把敌情迅速报告指挥员、飞行员，引导着张开巨翼的解放军飞机扑向敌 B－17 型飞机……

反侦察作战

空军夜间击落敌间谍飞机

夜空漆黑一片，只有寥寥几颗星星挂在那里，大地上，群峰和原野还在安详地睡着。这时，米格－17 歼击机却打破了宁静在空中监视，无线电里不时传来空军指挥所引导飞行的声音。

此刻，敌 B－17 型飞机为了躲避我军雷达监控，一会儿向东、一会儿向南，不停地调换着方向，和解放军玩捉迷藏的游戏。

可是，不管敌人有多么狡猾，在解放军空军地面指挥所的正确指挥和引导下，米格－17 歼击机正在向敌机一步步靠近。

在离目标只有 5 公里远的时候，狡猾的敌 B－17 型飞机又改向南飞了。

米格－17 歼击机马上跟着改变了方向，并且依靠夜间作战的经验，绕到比较容易观察敌机的有利位置上。

"蒋机离你 2 公里！"

"你和蒋机在一起了……"

驾驶米格－17 歼击机的鲁珉少校通过无线电听到了第十二师副参谋长吴云山的声音。

于是，鲁珉驾驶着米格－17 歼击机迅速地追近敌机，他的眼睛死死地盯着那个飞行的黑影。

鲁珉飞到了射程之内，这时无线电里传来地上指挥的命令："瞄准！放！"

鲁珉熟练地启动了按钮，顷刻间，一连串的炮弹拖着长长的"尾巴"射向敌机。

只听一声巨响，炮弹击中了敌 B－17 型飞机的机翼。

敌机开始在空中摇晃。国民党飞行员发慌了，企图改变航向溜走。

鲁珉发现敌人的企图后，沉着地紧跟在敌机的正后面，对好了瞄准器，在距离 270 米的时候，又发起第二次猛烈的攻击。

敌机再次中弹，整个机身燃起了大火，摇摇晃晃地坠毁在江西省广丰县岭底乡境内的山沟里。

敌 B－17 型飞机被山坡撞得粉碎；并分成无数碎片飞散开来，在地面上燃起了熊熊大火，把山坡和小河都映得通红，飞机上的国民党空军少校飞行员叶拯民等 8 人全部丧命。

这次行动是空军第一次在夜间击落敌机。胜利消息传开后，整个空军都为之振奋。

6 月 29 日，国防部通令嘉奖参战空军和防空军有功人员，嘉奖令如下：

　　6 月 23 日凌晨 1 时 6 分，我空军某部鲁珉少校在有力情报保障和上级正确指挥下，在江西省上饶附近上空击落蒋军侦察机一架，特予

通令嘉奖。

并责成空军、防空军首长查明有功人员，晋升一级军衔。希有关单位认真总结此次在夜间无光空域条件下击落蒋机的作战经验，加以推广，提高各级部队在夜间和复杂气象条件下的作战能力。

国防部的通令嘉奖，给参战空军和防空军以巨大的鼓舞。

张文逸击落美军侦察机

1956 年 8 月 22 日夜，浙江舟山防空雷达部队发现，一架可疑的飞机正朝着东南沿海方向飞来，一副鬼鬼祟祟的样子。

雷达战士保持高度警惕，观察着它的一举一动，飞行员也做好了迎击准备……

原来，这是美国 P4M－1Q 侦察机。

在朝鲜战争结束以后，美国仍然对中国心怀鬼胎。为了配合国民党反攻大陆，美国加强了对中国沿海地区军事力量的空中侦察。其中，美国空军和海军经常派出间谍飞机偷猎中国沿海地区的情报。

P4M－1Q 侦察机在起飞前，美军侦察机已经两次发现上海地区部署了新的防空雷达部队，所以，这次行动美军做了精心的准备。

8 月 22 日深夜，这架美国海军 P4M－1Q 型电子侦察机从台湾新竹机场起飞，偷偷摸摸接近大陆，机上 16 名成员中就包括美国海军飞行员迪恩。

根据上级的指令，该机要去侦察中国上海地区的防空雷达部队的部署情况。

这架美机沿着 S 形航线飞行，紧挨着中国的领海线时进时出，多次闯入大陆领海线范围内，对军事设施实

反侦察作战

行电子侦察，打算捞一把就溜。

让迪恩等人万万没想到的是，他们的行踪早就被解放军的雷达发现了，敌机落入了解放军雷达部队布下的天罗地网中。

45分钟后，美国海军P4M-1Q型电子侦察机已经快靠近大陆领空了，地上作战指挥部下达了迎击可疑目标的命令。

解放军航空兵第二师第六团领航主任张文逸奉命出击。

地上雷达继续仔细观察着可疑目标的一举一动，时刻为张文逸提供准确的信息。

张文逸驾驶着米格-17战斗机冲入高空，对闯入中国领海线范围内的敌机实施拦截。

此刻，虽然是下弦月，影响了张文逸的视线，但由于地面雷达精确测定了美机的航向、高度和位置，张文逸很快在舟山附近上空发现目标。

然而，美侦察机此刻毫无察觉，迪恩一行已成瓮中之鳖。

在地面作战指挥部，空军第四军军长高厚良少将和南京军区空军司令员聂凤智也一直注视着雷达荧光屏上的可疑目标。

由于夜里没有月光，难以辨别机徽，再加上雷达探测距离有限，无法准确判断该机到底是从日本、韩国还是台湾飞来的，因此，存在着它究竟是国民党军机还是美机的疑问。

最后，指挥部下定决心，只要这个可疑目标再次跨入我沿海领空，就把它坚决消灭！

当这架飞机再一次窜入衢山岛黄泽山上空时，第四军军长高厚良果断地下令开炮攻击。

到 23 日的凌晨，张文逸驾机在短暂的几十秒钟内，就连续向美侦察机 3 次开炮，敌机只好拖着浓烟拼命地朝公海方向逃去，最后消失在舟山群岛东部的浪岗山附近海域。

美国 P4M－1Q 侦察机被击落后，为了不让飞行人员成为解放军的俘虏，驻日本的美国第七舰队司令部，迅速下令"拳师"航母率领一支编队前往出事海域进行营救和打捞。

"拳师"航母于 1945 年 4 月服役，排水量为 2.7 万多吨，可以运载大约 95 架各型作战飞机，为海上营救和打捞提供空中掩护。

然而，侦察机到底是在哪个具体位置坠海的，谁也说不清。结果，美军战舰抵达侦察机坠海现场时，侦察机已经坠海 24 小时。

在整个海上营救和打捞行动中，美军虽然出动了 10 多艘各型战舰，但并没有找到任何幸存者，只找到两具尸体。

此外，中国方面也找到了两具尸体，由于中国和美国还没有建立外交关系，中国方面通过英国在上海的外

反侦察作战

事机构，把两具美军尸体转交美国方面。

这是美军第一次发生侦察机被击落的死亡事件。事件发生前，美军一直没有在侦察机上配备武器弹药，他们这样做，是为了防止侦察机一旦落入苏联或中国之手后，成为武装入侵的借口。

侦察机被击落后，美国决定为飞机配备机炮等武器，以便在情况紧急时准备空战逃命。然而，该型机在后来的空中入侵侦察中，仍不时被中国航空兵追击，多次狼狈逃命。

周恩来亲自修改新闻稿

8月24日，也是击落美机的第二天，周恩来在北京找来空军司令刘亚楼，对他说："亚楼同志，你们打掉的是一架美军侦察机。"

这可是刘亚楼事先不知道的。他马上想到这事极可能引发国际问题。

办事缜密的周恩来在给媒体发表的新闻稿件中，做了这样的表述：

新华社23日讯：

　　本月23日零点后在上海东南海面上空发现蒋军飞机一架，窜入我马鞍列岛上空，我空军飞机当即起飞。

　　蒋机继续窜入嵊泗列岛上空，与我机在衢山岛之黄泽山上空遭遇，被我击伤，敌机当即向东南方向逃去。

刘亚楼看后，点了点头，对大家笑着说道："周总理做的文章可真有水平，此文奥妙显而易见，一不提'美机'二字；二点明'**遭遇**'是在我国领土'上空'；三交代'敌机当即向东南方向逃去'，任你美国想要什么花

反侦察作战

样都找不出破绽。"

陈赓大将对刘亚楼说:"这是为了避免扩大事态,也为了美国找上门来掌握主动,总理才亲笔改定了新华社的新闻稿。"

刘亚楼由衷地说:"总理看得可真仔细呀!"

刘亚楼看完周恩来改定的新闻稿,内心对总理又多了一份敬佩之情,也深感"国际问题"的棘手。他试探着问周恩来:"美军如果借机挑衅怎么办?"

周恩来大声说:"如果美军借机挑衅,我们就必须有反应,既不示弱,也不逞强!"

就在我军击落美军侦察机的几天之后,美军悍然发动了大规模挑衅行动。

25 日零时刚过,刘亚楼接到前线电报。

电文如下:

> 美国海军的一支庞大舰队在中国东海的领海线外摆开了挑战的架势,3 艘大型航空母舰、30 艘护卫舰、驱逐舰、巡洋舰和后勤补给舰列阵航行,从 3 艘航母上起飞的 200 架飞机密布天空。

接到紧急情报后,空军司令刘亚楼马上给周恩来打电话。周恩来在电话里作了部署。刘亚楼立即向前线指挥官聂凤智发布命令。

命令如下：

> 总理指示，只派几架正常巡逻的飞机，在我国领空内巡逻，不要主动向美军攻击，静待事变。

美军见解放军空军张弛有致，沉着冷静，分明早有准备，所以美军未敢向解放军战机开火，炫耀一阵武力后，无功而返。

反侦察作战

毛泽东指示"务歼入侵之敌"

1957 年 11 月 20 日夜,一架改装后的国民党 B－17 型飞机穿越中国内地 9 个省,甚至接近了北京上空,活动时间长达 9 个小时。

敌人如此大胆的行动,引起了党和国家领导人的密切关注,周恩来当晚发出命令。

命令如下:

> 蒋机未能入侵北京上空,是不幸中的幸事,
> 我们应用一切方法将蒋机击落。

原来,在进入 1957 年后,国民党为了反攻大陆,继续使用经过改装的 B－17 型飞机,对我沿海地区进行电子侦察。

自从 B－17 型飞机在 1956 年被击落后,国民党空军受到了打击,不得不改变作战方式。到 1957 年,敌机开始把月夜、中空条件下的出动,改变为暗夜、低空条件下的出动。

敌 B－17 型飞机是活塞式轰炸机,经过改装后作为侦察机使用,低空性能较好,续航时间长达 17 小时,机载电子侦察设备可侦察到地面雷达的部署和性能,可窃

听到对方的指挥活动。

1957 年，B－17 型飞机夜间低空窜入大陆侦察达 53 架次，人民空军出动 69 架次截击，却一次次让敌机溜走，于是就出现了开头那一幕，敌人竟然飞越内地 9 省，还飞临了北京。国民党 B－17 型飞机如此狂妄的行为，引起了党和国家领导人的深切关注。

为加强北京地区的防空，总参谋部向中央军委写了《对蒋机窜扰大陆纵深情况及我采取的措施》的报告，毛泽东主席阅后指示空军：

全力以赴，务歼入侵之敌。

就这样，空军对战略工作进行了全面整顿，提出了一系列措施，使夜间作战条件得到了明显改善，使部队对在夜间低空击落敌机的信心大大提高。

1958 年 4 月 21 日深夜，国民党空军再次出动B－17 型飞机 1 架，低空窜入江西地区上空进行骚扰和侦察任务。

面对敌情，航空兵第十二师截击机大队飞行员李顺祥，驾驶米格－17 波爱夫型飞机在指挥所的引导下，冲入高空迎截敌机。

这架米格－17 使用改进过的机上雷达，在约 300 米的高度上，距敌 1500 米发现目标，900 米截获，800 米开炮，将 B－17 型飞机击伤……

反侦察作战

B-17 型飞机被击伤后，国民党空军就不再那么嚣张了，很长一段时间都没有主动出击。

在和 B-17 侦察机进行空中较量的同时，解放军空军也同国民党的其他侦察机和战斗机较量，主要的有 RB-57 侦察机和 F-86 战斗机。

1957 年 12 月 15 日和 1958 年 1 月 7 日，国民党空军两次派遣 RB-57 侦察机飞临山东半岛上空进行侦察活动……

胡春生在同温层击落敌机

1957 年，美军方在向台湾提供的 B－17 型飞机在大陆领空被击伤后，又向台湾提供多架 RB－57 高空侦察机，敌人利用这种飞机又在内地上空大肆侦察。

《人民日报》不时刊登我国政府对美国政府的警告，也不时地对台湾当局派飞机侵犯大陆领空的事提出严重警告。不过，他们仍然藐视我方的警告，依然不断派飞机对我进行空中侦察。那么，最有效的警告就只有把它打下来了！

为此，周恩来亲自给空军司令员刘亚楼打来电话，他在电话里说："刘司令员，我们应用一切方法将美机击落！不然影响太坏！"

刘亚楼回答说："我们的飞行员多次眼睁睁地看着敌机大摇大摆地从眼前飞走，心如刀绞一般难受，他们为没有把好空中大门而感到内疚。"

刘亚楼话锋一转，又信心十足地对周恩来说："不过，请总理和中央放心，为了保卫祖国神圣领空，我们已决定从十八师、九师等几个老部队中抽调一些技术水平高超的老飞行骨干，组成游猎中队，布置在敌机经常出没的航线机场上。"

周恩来问："能否让机务部门想办法改装我们的飞

反侦察作战

机，减轻飞行重量？"

刘亚楼答："我看可以，我们还正在训练担任游猎的飞行员，爬高到最大升限后，利用空气动力、惯性作用向上跃升，对准目标开炮。总之，我们下决心，一定要把各项措施进一步搞扎实，搞出名堂来！"

当时，沿线机场起飞多架飞机层层拦截，都因升限不及，无法攻击，至于各种口径的高射炮，更是无能为力。

敌 RB－57 战机如同逛花园一般，大摇大摆地在大陆上空穿行，尔后不慌不忙飘然而去，这对解放军的防空来说是一个极大的挑战。

为了贯彻毛泽东、周恩来的重要指示，刘亚楼还专门召开各军区空军党委书记会议。

刘亚楼在会上严厉地说道："要从根本上扭转防空作战的被动局面！"

会议决定从十八师、九师等几支劲旅中抽调一些技术水平高超的老飞行骨干，组成游猎中队，布置在敌机经常出没的航线机场上，机务部门想办法改装飞机，减轻飞机重量。

刘亚楼还亲自整顿防空作战的指挥和保障机构，在他的指挥下，解放军的米格型战斗机开始在空中和敌机较量了。

在这之后，刘亚楼迅速组建起了解放军第一支地空导弹部队对外称五四三部队，使之成为解放军空军的王牌部队。

1958 年 2 月 18 日，雷达发现一架敌 RB－57 侦察机，从青岛东南方向 400 公里处正不断上升高度朝西北方向袭来……

为了击落国民党飞机，海军航空兵第四师第十团中队长胡春生和飞行员舒积成奉命驾驶歼－5 飞机紧急起飞，穿过迷雾冲向胶州湾，双机 10 度爬高，背敌出航，进入同温层待机。

所谓的同温层是指 12000 米以上高空的空间层，这个空间层温度长年在零下 56 摄氏度，通常没有云、雾、雨、雪，飞行员进入这一层空间飞行，呈现在眼帘的天空不再是蔚蓝色，而是深蓝色、紫色乃至近乎黑色，所以光线非常不好。

同温层的空气稀薄，空气动力减少，飞机反应迟钝，机动性能变差，在世界空战史上，还从未有过在同温层作战的先例。

在同温层开炮，炮口喷出的瓦斯进入发动机，容易使发动机停转，每门炮射击时产生的六七千公斤的后坐力，有可能导致飞机失速，或者其他高空危险，甚至是机毁人亡。

但是，如此危险的高空作战，却被中国航空兵创造了先例，更震惊了世界。

飞行员胡春生和舒积成升到 1.5 万米高空时，发现了敌机，胡春生首先发起攻击，由于急于歼敌，两次开

反侦察作战

炮都没有命中。

胡春生反过来再次向敌机冲去，在距敌机 433 米处连续 3 次开炮，一直打到距敌机 75 米，使敌机多处中弹，最后坠毁在千里岛附近海面。

正在朝鲜访问的周恩来总理听说这个消息后非常高兴，马上打电话向海军祝贺。

后来，这架 RB - 57 飞机的残骸被捞起后陈列在青岛中山公园，成为历史的见证。

二、反袭扰作战

● 周春富哪能放过这个机会，他努力控制着飞
机，使飞机尽量保持平衡，然后瞄准敌机，
用满是鲜血的手按下炮钮……

● 杜凤瑞才无限恋惜地离开了同他一道痛歼飞
贼的战斗机，他刚跳出座舱，战斗机就轰然
一声爆炸了。

● 愤怒的高射炮兵向杀害杜凤瑞的敌机开炮，
这个企图从低空逃窜的凶手，立刻被打得浓
烟滚滚，一头栽进了大海。

彭德怀召开作战会议

1958 年 7 月 18 日，中央军委在北京作战会议室里召开了一次重要的会议。

会议室内坐满了中央领导和部队的一些将帅，在不久前，人民解放军刚实行了军衔制，所以将帅们都军服笔挺，徽章闪烁。

可是此刻，大家的表情却显得很凝重，都在认真听着彭德怀的讲话，全国的军事由他直接负责，面对国民党日益疯狂的反攻企图，他也累坏了。

只见彭德怀解开了上衣扣，用小毛巾擦了擦汗水，继续发言，声音还是那么铿锵有力。

彭德怀对大家说："刚才我传达了中共中央和毛主席的重要指示，大家可以看到，目前，国际形势十分严峻，美国、英国继续向中东增兵……"

彭德怀喝了口茶，继续说："国民党军队为了策应美、英在中东的战争行动，正蠢蠢欲动，台湾海峡出现了紧张局势。现在，我们必须采取行动。"

彭德怀突然站起来，走到巨幅军用地图前说："中央军委决定，我们要采取两个大动作，首先是空军进入福建作战；其次是……让敌人尝点厉害！"

彭德怀回过头，对坐在前排的空军司令员刘亚楼说道："亚楼，你们空军要在 7 月27 日前进入福建、粤东的作战机场。为稳妥可靠，要采取以小进求大进的方法，逐步推进。"

刘亚楼站起来回答："请军委首长放心，我们一定以最快的速度早日入闽作战。"

就在这天晚上，刘亚楼召集空军党委连夜召开党委扩大会议，传达军委会议精神。空军司令部内灯火通明，大家认真研究，彼此交流着。

7 月19 日，刘亚楼主持召开了第一批进入福建作战部队师以上干部参加的作战会议。

刘亚楼作了如下部署：

1. 迅速组建强有力的指挥机构。由聂凤智负责，立即组建福州军区空军指挥机关。

2. 使用战斗力较强、有作战经验的部队，力争打好第一仗。

3. 加强各机场的保障机构。

4. 明确作战指导思想，在战略上以少胜多，在战术上以多胜少，达到"保存自己，消灭敌人"的目的。

5. 大力开展政治动员，树立敢打必胜的信心。

反袭扰作战

会后，解放军空军司令部发出部队行动的命令，空军部队开始浩浩荡荡地向福建沿海进发。

空军部队出发的时候，正逢福建地区遭 5 号强台风袭击，连续 19 天阴雨不停，全省被冲毁大小桥梁 43 座，公路、铁路严重塌方，交通受阻。

在这种情况下，奔赴福建的空军战士继续发扬光荣传统，不顾疲劳，勇往直前，历经无数磨难终于按时到达指定位置，立刻展开各项工作，做好了和敌机作战的准备。

赵德安率机组冲向高空

1958 年 7 月 29 日，广东沿海天灰沉沉的，就在这个时候，一团黑影在空中由远及近，后面还拖着长长的白烟，敌机来袭击了！

国民党空军第一大队副中队长刘景泉带领 4 架美式 F－84 战斗机，穿过厚厚的云层，向汕头的方向飞来。敌人企图采用偷袭的手段，炸毁解放军空军刚刚修建的飞机场。

这个时候，在汕头机场的解放军航空兵已经做好了歼敌的准备。在雷达荧光屏上，几个亮点越来越近，所有人都提高了警惕。

基地指挥员林虎师长下达了命令：

"升空！"

"当当当……"

战斗警钟敲响……

早在 7 月 24 日，国防部发布命令，任命聂凤智为福州军区空军司令员，谢斌为副司令员兼参谋长，袁彬、方升普、刘鹏为副司令员，裴志耕、罗维道为副政治委员。

7 月 25 日，福州军区空军指挥所开始了紧张的工作。因其负责对广东省的防空，于是，派航空兵部队进驻连

城、汕头等地。

　　进入福州军区后，聂凤智便对下一步作战工作进行了周密的安排。他要求各部队从最困难、最复杂的情况出发，进一步做好各项具体的作战准备，指挥机关要严密掌握空情，认真研究反轰炸、反侦察的作战方案，不给敌人留下一点可乘之机。

　　聂凤智强调说："打好第一仗对入闽部队站稳脚跟具有重大意义，务必做到精心组织、旗开得胜！"

　　此刻，敌人真的来袭了，大家摩拳擦掌，早就迫不及待地想把敌机干掉了。

　　11时7分30秒，早已做好战斗准备的"航空兵英雄中队"赵德安、黄振洪、高长吉和张以林驾驶4架战机组成机组冲向高空。

　　几分钟后，我军战机直入云霄，领队长机赵德安看看仪表，机高2000米。他很清楚，他们在起飞以后应该马上穿过云层直上高空，在云层上面完成编队，进而去迎接敌机。

　　可是这个时候，敌机离他们已经很近了，如果冲出云层时还没有完成编队，很可能被敌机发现，在这样仓促的情况下和敌人较量，必然会陷入被动，赵德安果断地决定提前编队隐蔽接敌。

　　赵德安下达命令说："各机注意！按战斗队形在1500米高度编队。"

　　各机回答："明白！"

然而，操纵飞机在如此高的云层中进行编队，是一件难度很大的战术动作，各机互相看不见，只有靠仪表指示操纵飞机，稍有不慎，就会有飞机碰撞的危险。

　　要在云层中完成编队，对飞行员来说，不仅是意志的考验，更是技术的考验，但赵德安相信他的战友们，因为他们在这种情况下已经训练无数次了，他们很有信心。

　　解放军4架战机在极短的时间内就编成菱形的战斗队形。地面指挥塔一次次及时地向天空通报着敌机的高度和方位。

反袭扰作战

空军连续击落敌机

"01号，01号，注意搜索，注意搜索，敌机就在你们的右前方……"

11时11分，敌机越来越近了，整个天空似乎阴暗一片。在地面的指挥所里，频繁传出指挥员林虎师长的通报。

接到命令后，赵德安大声说道："01明白，各机注意搜索！"

赵德安率4架解放军战机冲出云层，在一道云缝中，驾驶03号机的高长吉首先发现了敌机。

高长吉马上向赵德安报告说："01号，我右前方，发现2架敌机！"

林虎在地面指挥所马上纠正道："不是2架，是4架！"

赵德安睁大眼睛看了看，真的出现了4架敌机，只是敌机靠得太近，很难发现罢了。

赵德安对高长吉命令道："03号，03号，我来掩护，你马上攻击！"

赵德安看到高长吉离敌机最近，正处在攻击的最佳位置，就马上改变了由自己先攻的部署，让高长吉首先向敌人发起进攻。

高长吉大声回答："03 号明白！"

高长吉看准左侧距离最近的一架飞机，加大油门，朝着敌 2 号机追去。

敌 2 号机发现高长吉从后面跟来，马上向左转弯，企图逃避追击。高长吉看敌机想溜，就马上掉转机头，直插敌机内侧。

这个时候，高长吉的瞄准镜死死地对准了敌 2 号机，5000 米，3000 米，1000 米，500 米……当离敌机只有 170 米时，高长吉猛地按动了炮钮，一连串的炮弹就射向了敌机。

敌 2 号机还没来得及发射炮弹，就拖着一道长长的浓烟掉进了大海。

赵德安大声说："好样的！"

敌 2 号机被击落后，紧跟在高长吉后面的张以林驾驶着 04 号机加大速度，超过高长吉，勇敢地向敌长机刘景泉冲去。

敌长机刘景泉吓坏了，急忙向左转弯，想摆脱猛虎般的张以林，但张以林早就看穿了敌人的企图，朝着敌长机猛追，截断了刘景泉的退路。

刘景泉见逃跑不行，又开始做蛇形运动，左摇右摆想甩开张以林的追击。

高长吉紧随张以林后面，提醒他说："04 号，敌机要跑，加快攻击，我掩护，你尽管放心打！"

张以林大声说："04 号明白！"

反袭扰作战

张以林没有了后顾之忧就放心多了，他加快速度朝敌长机刘景泉猛扑过去。

在高空中，张以林驾驶的飞机和敌长机刘景泉展开了较量，两架飞机从云上打到云下，又从云下打到云上，让地面的人看得眼花缭乱。

敌长机刘景泉为摆脱张以林，使出了浑身解数，而张以林却始终死死咬住敌机丝毫不松，不给它一丝逃窜的机会。

在张以林的追击下，敌机从 2000 米高空一直被压到 600 米处。在低空，敌机活动的空间就小了，想逃脱也没有那么容易了。

敌长机刘景泉害怕被地上的高炮击落，就拼命想往上升，可上面的张以林、高长吉一串炮弹打得他乱了手脚，无奈之下，只好继续往下飞。

张以林在瞄准镜中看到离敌机越来越近，只有 150 米了，这是最好的攻击距离，他已经迫不及待了，他也想击落一架敌机。

高长吉也看到了难得的战机，就大声对张以林说道："快打！快打啊！"

"咚咚咚！"

一发发炮弹在高空中穿过，张以林向敌长机开炮了，在张以林的围堵下，敌机中弹着火，摇摇晃晃地掉进了大海里。

敌长机被击落后，敌机编队就乱了，也没了统一指挥，给了解放军歼灭敌机的好机会。这时，赵德安带领 02 号、03 号、04 号机继续同敌人作战。

当赵德安发现敌两架僚机企图从背后对张以林进行攻击时，马上命令 02 号机的黄振洪："掩护我攻击敌僚机，绝不让他们偷袭得手。"

赵德安说完后，一推机头就向增援的敌两架僚机扑了过去……

敌两架僚机原想冲过去营救他们的长机刘景泉，没想到半路又杀出了赵德安，想躲闪已经来不及了。

赵德安死死咬住一架敌僚机，猛地启动按钮，一连串的炮弹就射向了敌机。

敌机被炮弹击中后，连翻了几个跟头，重重地往下坠落，快到海面时才恢复平衡，拖着重伤和滚滚黑烟向台湾方向逃窜。

被击中的飞机逃窜后，另一架敌机发现就剩下自己了，惶恐万分，它迅速掉转机头，转身跳出战场，贴着海面，灰溜溜地飞跑了。

解放军 2 号机黄振洪发现敌机想逃跑，就加快速度向那架敌机追去。

但没想到敌机发疯似的往外逃，很快就消失在云层里，在"返航"的命令声中，黄振洪只好放弃了继续追击的行动。

之后，解放军 4 架战斗机排好整齐的队形凯旋，机身在太阳的照耀下散发着耀眼的光芒，飞行员的心情别

反袭扰作战

提有多高兴了。

国民党空军原准备在这次空战以后，召开"庆功会"，嘉奖一个时期以来他们侦察袭扰大陆的"功臣"们。

但是，这一仗似当头一棒，把国民党空军的"勇士"们打蒙了，原定召开的"庆功会"也就流产了。

毛泽东祝贺空军旗开得胜

7月29日，毛泽东获悉击落3架敌机后，高兴地对刘亚楼说："祝贺空军旗开得胜！"

刘亚楼笑着说："我已让部队在汕头机场召开庆功大会，我还要赶去祝贺！"

毛泽东说道："对，他们台湾不开庆功大会，我们来开！首战3∶0，不易哦，可让八一电影制片厂将这次战斗拍成一部军教片，在全国公开放映。"

之后，空军在汕头机场召开庆功大会，祝贺这次空战的胜利，刘亚楼和炮兵司令员陈锡联等领导出席了庆功会。

在庆功会上，大家向4位英雄表示祝贺，林虎师长还为他们披红戴花，而很多战士也想和他们一样在空中歼敌，觉得一定很过瘾。

这次空战的时间很短，但解放军的战斗机却击落国民党空军F-84战斗机2架，击伤1架，自己无一损伤，获得全胜。

这一次空战给敌人造成了严重的损失，敌机空中袭扰的气焰也不那么嚣张了。而这次战斗的成功，在于部队行动的灵活和地面指挥的正确果断。

空军司令员刘亚楼在战报上写下如此赞语：

反袭扰作战

第一有很好的决心！第二有非常重要的指挥！第三是带队长机机动灵活，空中指挥果断。第四是飞行员英勇顽强，攻击时靠得近，打得准，打得狠。

在这次庆功大会上，广州军区空军司令员吴富善还宣布了空军的奖励决定：给一大队记集体二等功；高长吉、张以林各记一等功；4人同时受到提前晋衔、晋级的奖励。

7月30日，美国合众国际社一则电讯写道：

超音速的共产党飞机在台湾海峡上空进行了一次漂亮的"飞行表演"。

这次空战的胜利，揭开了入闽作战的序幕，严厉地教训了国民党空军。也让蒋介石意识到，共产党的军队再不是"小米加步枪"的土八路了，他们已经有了日益强大的空军！

国民党空军"七二九"空战的失败，让敌人开始警醒，他们根本就没有料到广东沿海地区会突然出现如此强大的空军力量。

敌人多次派遣飞机"强行侦察"，才发觉解放军空军已在福建和广东沿海布防，福建前线的地面部队也正在大规模调动。

蒋介石不仅惋惜3架飞机，也很恐慌。在1958年8月2日，国民党"国防部"发言人说：

> 已发现大陆空军进驻广东澄海县，认为这个重大的军事行动是中共与国民党争夺台湾海峡制空权的开始。

为此，8月5日，国民党军参谋总长王叔铭下令部队高度戒备，说解放军空军已进驻福建龙溪。

8月6日，国民党当局宣布：

> 台湾海峡局势紧张，台金马地区进入紧急战备状态，非战斗人员停止进出外岛地区；台澎本岛实施夜间灯火管制，凌晨1时至6时全面戒严。

8月7日、13日、14日，解放军入闽空军又接连与国民党空军进行了3次较大规模的空战。

8月7日，国民党空军第五大队副大队长汪梦泉亲自出马，率领8架F-86战斗机，掩护2架RF-84侦察机向大陆飞来，企图对我晋江、惠安等机场进行袭扰和侦察。

然而，敌机刚一进入大陆，就遭到解放军航空兵的

反袭扰作战

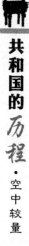

截击，经过 5 分钟激战，汪梦泉驾驶的 F - 86 被我军飞行员岳崇新击伤。

8 月 13 日 12 时，国民党空军再次出动两架 RF - 84 侦察机，在 8 架 F - 86 战斗机掩护下侦察福州机场。

福州机场马上起飞 4 架米格 - 17 进行拦截，经过一场空中较量，敌两架 RF - 84 侦察机被击伤后慌忙逃窜……

迎敌王牌"飞虎"大队

1958年8月14日，这天上午天气晴朗，在福建前线平潭机场，飞行大队长赵俊山和周春富正在值班，他们坐在飞机里，防范着敌人来袭。

"当当当……"警钟响起来了。

飞行员们的神经马上警觉起来，这个时候，塔台上发出的一等战斗准备信号，表明敌人已经入侵，要马上采取行动了！

顷刻间，机场上爆发出阵阵雷鸣般的巨大声响，空军十六师四十六团8架米格－17战斗机升空准备迎敌，这次行动由大队长赵俊山率领。

指挥员大声命令：

起飞迎敌！

很快，解放军8架米格－17战斗机依次驶上跑道，朝着敌机来袭的方向飞去……

这是敌F－86机群来袭了！几次出击连续受挫，国民党空军并不甘心失败，一番休整后，还想和解放军进行空军较量。

原来，8月14日是国民党的"空军节"。1937年的

反袭扰作战

这一天，国民党空军四大队与日军木更津航空队激战于杭州笕桥上空，四大队大队长高志航率队驾驶美制霍克－3驱逐机，击落日军6架三菱G3M96式重型轰炸机，在那个时期取得了一些成绩。

后来，国民党根据宋美龄的建议，将"八一四"定为国民党的"空军节"。

如今，蒋介石为了激励"反共热情"，在8月14日这一天，国民党空军就派出26架F－86战斗机朝大陆平潭飞来，其中7架是国民党空军的王牌，属于号称"飞虎"的第五大队。

此刻，解放军8架米格－17战斗机一面编队，一面搜索前进……

周春富08号战斗机飞在最前面，他首先发现目标，马上向大队长赵俊山报告："01号，01号，前方发现两架敌机！"

01号机的赵俊山命令："注意观察！"

周春富又大声说："又发现两架敌机！"

06号机也报告说："又有3架敌机向我飞来！"

在接到各机报告的同时，大队长赵俊山也看清国民党有7架飞机飞来。

赵俊山果断下达命令："各机注意！投副油箱，左转，爬高占位！"

各机大声回答："明白！"

周春富的08号战斗机飞在了最后面，一面继续升空，一面警戒着后方。

刚才大家发现的那7架敌机，正是国民党空军的"王牌"机组，号称"飞虎"的第五大队，并由大队长邹奎玉中校率队。

僚机向邹奎玉报告说："报告中校，前方有共军飞机拦阻！"

国民党空军突然遭袭，并没有做精心的准备，敌人对这次行动没有底，但邹奎玉发现前方只有8架米格-17战斗机，也就放心多了，甚至还很得意。

敌人这次出动了26架F-86战斗机，而邹奎玉驾驶的F-86佩刀式歼击机是美国为国民党提供的新式飞机，速度快，火力猛，无论从机种还是飞行高度上看，各项技术指标都大大优于解放军的米格-17型战斗机。

此刻，邹奎玉的脸上露出狡黠的笑，并说："得教训一下这批解放军航空兵了，让他们也知道美式新装备的厉害！"

邹奎玉轻笑了一声就下达了命令："全队注意，成战斗队形！"

7架敌机各自左右转头，转眼间就排成一个扇面，向解放军的米格-17战斗机飞来。

看到敌人来势汹汹，解放军01号机的赵俊山发现已经没有时间再升空了，就一压机头，率领大队从敌机腹下一冲而过。

敌大队长邹奎玉又命令7架敌机说："执行第二套作

反袭扰作战

战方案!"

敌机马上分成了两个战斗群,来了一个交叉转变,左边 4 架猛向右后方转,右边 3 架猛向左后方转,企图分割包围米格－17。

赵俊山早就看穿了敌人的诡计,就大声对其他 7 架战斗机命令:"右转!"

解放军米格－17 立刻向 3 架临近的敌机空隙间猛插过去……3 架敌机吓坏了,马上按下机头,向南边仓皇窜去。

01 号机赵俊山死死地盯着敌机,率队向前冲去。飞在最后面的周春富,此刻发现由左向右转弯的那 4 架敌机继续向右转来,飞到赵俊山身后,企图从后方进行偷袭。

周春富大骂道:"想找便宜,没门!"

情况十分危急,周春富猛向左一转机头,迎面朝着 4 架敌机快速冲去,边冲边向敌机发射炮弹,敌机一下子就乱了队形。

周春富的 08 号机快速接敌,一连串的炮弹拖着长长的尾巴射向敌机。

这个时候,敌大队长邹奎玉简直不敢相信自己的眼睛,仅仅一个回合,原本处于被动的解放军机群居然占了上风。

只见担负后卫任务的周春富,以难以想象的动作拼命往前冲,打破了敌人前后夹击的阴谋。

敌大队长邹奎玉慌忙命令："各机注意隐蔽，避免与共军飞行员正面交战。"

可是4架敌机被周春富冲得乱作一团，哪还有时间顾及邹奎玉的命令，都纷纷向两边躲闪。

周春富突然大小炮一起向敌机猛扫……不久，一架敌机中弹失火，拖着黑烟落到了闽江口外的大海里。

反袭扰作战

孤胆英雄周春富血战群机

周春富击落那架敌机后，一拉机头，带着胜利的心情马上寻找新的战机。

突然，周春富大声说："不好！"

周春富发现下面又出现 8 架敌机，正在向赵俊山 01 号飞机追击。

国民党空军在今天一共派出了 26 架飞机，刚才那架飞机被击落后，敌人就一哄而上，企图把解放军的 8 架飞机包围起来。

周春富同其中的 11 架敌机遭遇了，他非常清楚这是冲入了狼群，处境十分危险。

但周春富却不顾个人安危，他说道："绝不能让战友受到威胁！"

只见周春富从高空直向 8 架敌机俯冲下去，"咚咚咚……"一连串的炮弹射向敌机，截断了 8 架敌机的去路，而敌机一转身纷纷向周春富猛扑过来。

恰在这时，敌大队长邹奎玉又率领 3 架敌机飞了过来，跟在周春富的后面，邹奎玉如恶狼般朝着周春富发射炮弹。

敌人的炮弹击中了周春富的 8 号机，接着机舱里弥漫着呛人的浓烟。

周春富大叫："不好，我中弹了！"

周春富快速地闪开了敌人的炮弹，一个转身又冲入了敌群，他非常清楚，如果在这个时候撤下阵来，只会成为敌人射击的靶子，还会成为敌人的笑料，所以他决定和敌人拼了！

周春富怒视着前方，骂道："一群混蛋，今天我和你们拼上了！"

周春富驾驶着冒烟的飞机，和敌机群展开了搏斗，他的 08 号机穿梭在敌机群中，忽而一跃而上，忽而直落而下，一发发炮弹射向敌机。

又一架敌机中了周春富的炮弹，敌机拖着浓黑的烟雾，仓皇地退出了战场。

敌大队长邹奎玉面目狰狞地命令："各机注意，不要慌张！只有一架共军飞机，要占领有利位置，封住敌人的逃路，一定要将其击落！"

在邹奎玉的催促下，敌机群调整了队形又继续扑来，周春富的处境十分危险。

周春富临危不惧，驾驶着战斗机和敌人拼死搏斗……他 1947 年入伍，1952 年进入空军，经过一年半军校的刻苦学习和训练，成了一名优秀的全天候式的飞行员。

这个时候，周春富虽然陷入了重围，可他的头脑却十分清醒，他为自己能吸引大批敌机而暗暗高兴，这样就可以为战友赢得歼敌的时间了。

反袭扰作战

周春富周围的敌机越来越多，局势十分严峻，他也没有想到，敌机一下子会出动这么多，敌人像发疯了一样咬着他不放。

几架敌机上下左右织成了一道火网，一起向已经受伤的周春富开火，炮弹炸开的片片弹花把他的战机团团包裹起来，他的座机再一次被打中。

油箱里蹿出火苗，机舱烟雾弥漫，鲜血从周春富的额头流了出来，糊住了他的眼睛。

在这生命的最后一刻，他驾驶冒着熊熊烈火的飞机，全神贯注地希望再次捕捉一次战机。

失控的飞机已渐渐下坠，就在这时，一架朝他射击的敌机迅速地冲到他面前。

周春富哪能放过这个最好的机会，他以惊人的毅力努力控制着飞机，使飞机尽量保持着平衡，然后瞄准敌机，用满是鲜血的手按下炮钮，炮弹带着愤怒的火舌冲向敌机。

敌机中弹爆炸，重重地落在海面上。这个时候，在周春富的机舱内，火势越来越猛，灼热的气浪烤痛了他的面颊，他继续操纵方向杆……

周春富的 08 号机已经完全失灵了，面板上的仪表受热后开始爆裂，这个飞机已经报废了，可它毕竟陪伴他战斗过两年多的时间，有着极深的感情！

周春富在心里默默地说："永别了，伙计！"随后他启动了座椅下的按钮，弹出了机舱。

当时，周春富是在击落 2 架国民党空军 F－86 战机、击伤 1 架后，座机中弹，身负重伤的情况下被迫跳伞落海的。

周春富跳伞落海后，福州军区领导人马上组织军民进行海上救援，可是，如此宽阔的海面，哪有周春富的身影呢？

这次空战也牵动了中央领导的心，8 月 15 日，聂凤智接到毛泽东的秘书打来的电话："毛主席看了空战通报，心情非常沉重，指示一定要想方设法，全力营救这名落水的飞行员！"

海军炮艇和福建平潭县 1800 多艘渔船，连续数日在海上反复寻找，但是终没找到。

后来，空军司令刘亚楼向毛泽东报告："主席，台湾在大肆进行所谓的'八一四大捷'吹嘘祝捷活动呢！"

毛泽东说道："他们这是自欺欺人！不过，我们毕竟也损失了一名飞行员和一架飞机。"

刘亚楼心情非常沉重，说："这是由于指挥失当引起的，我想去福建看看空军入闽作战部队。"

毛泽东想了想说："代我向空军指战员们问好。"

11 月 28 日，空军为英勇捐躯的周春富烈士追记一等功，并根据他生前的愿望，追认他为中国共产党正式党员。

这一阶段，入闽空军部队发挥英勇顽强、不怕牺牲的革命精神，击落击伤国民党空军飞机 50 多架，解放军

反袭扰作战

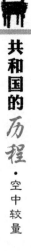
空军也损失 20 多架飞机。

从此，解放军牢牢地控制了福建地区的制空权，有力地保障了我军下一步要展开的军事行动。前线军民对空军在空战中所取得的胜利大为惊叹，纷纷说：

福建的天空现在真正解放了。

龙田上空比高下

1958 年 10 月 10 日 7 时，空军福建某机场的指挥所里传来了前沿雷达站的敌情电报：

敌机 6 架，正在向福建、龙田方向飞来！

指挥所马上下达了拦截敌机的命令，所有的人都警觉起来，飞行员也整装待发。

这个时候，两颗红色信号弹升入空中，地面指挥员大声命令道："升空！"

8 架米格–17 型飞机滑出跑道，向战区起飞。

参加这次飞行任务的杜凤瑞，是一个只飞过 300 小时的新飞行员，他在飞行编队的左翼。

原来，10 月 10 日这天是国民党的"双十节"，在这一天，蒋介石为了给退居孤岛的残兵败将打打气，竟然出动了 400 多架次的飞机，出没在台湾海峡的上空，并不断地窜入福建沿海地区，进行破坏活动。

当时，解放军飞行员杜凤瑞和战友们正在福建某机场，杜凤瑞仔细检查了飞机之后，对机械师说："今天是国民党的'双十节'，敌人可能趁机捞一把，好给他们那些残兵败将打打气，装装门面。我们可得提防敌人这

一手！"

杜凤瑞继续说道："哼！叫他们来吧，我正愁着没机会揍他们呢！"

忽然，塔台上飘起了"一等战备"的红旗，杜凤瑞精神抖擞地跨进座舱，对机械师说："这回可要打上了。"

转眼间，杜凤瑞和他的战友们驾驶着战鹰，在巨大的轰鸣声中，排着威武雄壮的阵势，掠过群峰，掠过江河，向战区疾驶。

杜凤瑞 1933 年出身在河南的一个贫苦农民家庭，家境十分贫寒。

在国民党统治时期，杜凤瑞和穷苦人们一样，在地主老财的压榨下吃尽了人间苦，受尽了人间罪。小时候，杜凤瑞问父母："什么时候才能把地主老财扫光，叫家人抬起头来？"

后来，人民解放军解放了他的家乡，杜凤瑞高兴地对父母说："我要参加解放军，和地主老财算账，给咱穷人出口气！"

就这样，15 岁的杜凤瑞参加了中国人民解放军。经过战火的洗礼，他迅速成长起来，还入了团，1952 年 3 月又被选送到解放军空军学习飞行，开始了向蓝天进军的新生活。

在苦难煎熬中长大的杜凤瑞，没想到自己由放牛娃成了飞行学员，从内心里感到无限的光荣和自豪，同时也感到自己肩负的责任重大。他刻苦学习，克服重重困难，掌握了航空理论，学会了飞行技术，成了一名合格的飞行员。当时，他时刻都想和敌人在空中一比高下，如今这个愿望真的要实现了！

今天，杜凤瑞是第一次参战，能和战友们一起紧急出动，保卫祖国的蓝天不受侵犯，心情十分激动。他紧紧地握住操纵杆，警惕地注视着茫茫长空。

这时，耳机里传来了地面指挥员的命令："左前方50公里敌机6架，注意搜索！"

长机李振川答道："明白。"

长机李振川又命令编队："一中队保持高度，二中队爬高。"

二中队接到命令后，立即爬到指定高度，顷刻间，高空中出现了几条白色烟带，这是他们特意用来诱惑敌人的，而一中队仍保持原来高度，隐蔽飞行。

而此刻，国民党空军第五大队少校飞行员路靖带领6架 F－86 战斗机，正窜至龙田地区上空，企图对重要军事目标进行破坏。

一个敌人飞行员突然大叫："共军飞机！"

敌人发现在空中出现了一条白色的烟带，马上向全队发出了警告。国民党飞行员顿时个个大惊失色，以为解放军来了大批飞机。

敌人飞行员路靖却只看到了 4 架飞机，解放军一中队已经隐蔽起来了，敌人愚蠢的眼睛并没有发现。

敌人指挥员路靖有些得意，他想："6架对4架，我

反袭扰作战

共和国的历程
·空中较量

们占有较大的优势，共军也太小看我们了，何不趁机教训一下共军，捞点便宜呢？"

骄傲自大的路靖就命令说："主动抢位，准备攻击，为党国立功的时候到了！"

于是，6架F－86战斗机立即各自调整方向，恶狠狠地向解放军二中队的4架飞机扑了过去。

"空中蛟龙" 杜凤瑞

面对敌机的企图，二中队长机一面报告空中指挥员，一面率领中队勇猛地插入敌机群。

就在这时，隐蔽在后下方的一中队也箭一般地冲了上去。天空中顿时炮声轰鸣，硝烟四起，一场激烈的空战开始了。

杜凤瑞紧紧跟着长机，护卫着长机的安全，并寻找机会狠狠打击敌人。

"左前方有 4 架敌机！"杜凤瑞从耳机里清晰地听出这是 5 号机的声音。

杜凤瑞跟随长机向左前方朝敌机勇猛冲去。正当二中队长机向敌机攻击时，一架敌机从后面偷偷袭来，并向他开炮射击。

杜凤瑞一见情况危急，立即向长机报告："3 号，敌人向你开炮了！敌人向你开炮了！"

杜凤瑞加大油门向偷袭长机的敌机扑去，长机在他的及时掩护下，很快脱离了险境，而杜凤瑞却陷入了 4 架敌机的包围之中。

杜凤瑞面对 4 倍于自己的敌人，毫不畏惧，勇猛厮杀。他像一只矫健的雄鹰，上下翻飞，左冲右突，所到之处，敌机慌忙闪开，不敢再靠前。

反袭扰作战

当杜凤瑞咬住敌 2 号机时，猛一按动炮钮，一串炮弹射去，敌机立即冒出一股大火，拖着黑烟，从白云中翻滚着向下坠去。

浓烟中出现一顶黄色降落伞，这个跳伞的家伙就是后来被台湾当局大肆吹嘘为"为党国尽忠"的"烈士"张乃军。这个活"烈士"刚一落地，就被四面八方包围上来的民兵俘获。

杜凤瑞打下了张乃军后，正要爬高继续向敌人攻击，突然从右后方钻出的一架敌机向他开了炮。他的飞机中弹负伤，剧烈地抖动了几下。

在这千钧一发的生死关头，杜凤瑞想的不是个人的安危，而是怎样更多地歼灭敌人。他没有跳伞，仍然坚持驾驶着负伤的飞机，继续同敌人战斗。

刹那间，攻击他的那架敌机冲到了他的前下方，杜凤瑞抓住这有利战机，一头猛扎下去，咬住了敌机，接着就是一顿猛打。

可是，诡计多端的敌人在这个时候把机身一侧，躲开了杜凤瑞这狠狠的一击。

杜凤瑞骂道："好可恶的东西！"

杜凤瑞没有再开炮，而是咬住敌机不放，两架飞机一上一下，下面的敌人失魂落魄，亡命逃窜，上面的杜凤瑞奋不顾身，紧追猛扑。

敌机突然垂直下降，钻入云层，杜凤瑞也敏捷地打开加速器，猛力推杆，朝着敌人追去。

杜凤瑞和敌机离得越来越近，600米、400米……眼看快要撞上敌机了，杜凤瑞这才按动炮钮。

　　一连串的炮弹射向敌机，炮弹像冰雹似的倾泻过去。这次炮火打得痛快淋漓！敌机中弹起火，立即凌空爆炸了。

　　杜凤瑞见敌机残骸纷纷下落，兴奋不已，可正当他重新去寻找其他敌机时，他的飞机失去了控制，急速地旋转下坠。

　　在这万不得已的情况下，杜凤瑞才无限恋惜地离开了同他一道痛歼飞贼的战斗机。他刚跳出座舱，战斗机就轰然一声爆炸了。

　　只见天空中闪出一个白球，渐渐地变成了一顶白色降落伞，杜凤瑞沉着地拉动着伞绳，调整着方向，徐徐地向地面降落着。

　　杜凤瑞的降落伞离地面只有几百米了，只需再过几分钟，他就可以安然地降落到地面上来了。可是，就在这时，一架疯狂的敌机从高空中扑来，朝着手无寸铁的杜凤瑞射击！

　　在敌人疯狂的射击中，杜凤瑞身中数弹，鲜血洒向空中，他因此献出了最宝贵的生命。

　　在地面上，我愤怒的高射炮兵向杀害杜凤瑞的敌机猛烈开炮，这个企图从低空逃窜的凶手，立刻被打得浓烟滚滚，一头栽进了大海。

　　杜凤瑞同志牺牲了，他那勇敢顽强，舍己救战友的

反袭扰作战

英雄事迹却永远被人们传诵着，郭沫若赞颂他为"龙田地区的'空中蛟龙'"。

当时还有人赋诗赞扬：

> 矫健腾挪海上鹰，
> 砍樵孩子是英雄。
> 身如钢柱心如火，
> 照得东南一望红。

杜凤瑞牺牲了，他的英名永垂千古！

为了继承发扬他的革命英雄主义精神，1964 年，国防部将杜凤瑞生前所在的飞行中队命名为"杜凤瑞中队"。

三、 空中保卫战

● 周恩来对空军的赞语："雷厉风行的作风，
  高超的指挥艺术，过硬的战斗本领，是他们
  屡建奇功的关键。"

● 小郭一路狂奔，当时天上还下着雨，路坑坑
  洼洼很难走，一不小心摔了一跤，弄得棉衣
  棉裤都是泥水。

● 解放军杜-2战斗机在快速接近敌P-2V侦
  察飞机，在飞机上，大队长尚德赞仔细盯着
  飞机雷达荧光屏，搜索目标。

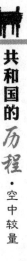
刘亚楼部署北京防务

1959 年，中国政府决定举行规模宏大的国庆大典，准备邀请80 多个国家的贵宾参加，70 多万群众游行，光天安门广场上就有30 多万人，各社会主义国家首脑也莅临天安门。

为了能使 10 周年国庆大典顺利举行，周恩来找来空军司令员刘亚楼说："假如敌机在我们庆祝大典时再来北京侦察骚扰，不说军事行动，即使只撒些传单下来，也足以使10 年大典大为扫兴。"

为此，防空部队非常重视，在空军司令员刘亚楼和副总参谋长杨成武等领导的研究部署下，一批最精锐的歼击机群、高射炮群调遣入京，并将改装训练仅 4 个月的地空导弹部队投入了防空作战。

空军司令员刘亚楼立下军令状：

> 大典期间如果敌机敢来骚扰，我们就把它揍下来，作为给国庆的献礼！

刘亚楼从一无所有组建空军，到"解放军一夜之间成为世界空中强国"（美国空军参谋长范登堡言），党中央是相当满意的。毛泽东就曾经说："刘亚楼当空军司令，很有成绩！"

周恩来对刘亚楼和空军更是有过一番由衷的赞语：

> 空军很不简单，刘司令在北京一声令下，全国立即动起来，真正做到了令行禁止。雷厉风行的作风，高超的指挥艺术，过硬的战斗本领，是他们屡建奇功的关键。

为什么中央首长这么关心国庆的安全呢？原来，这一年10月是建国10周年，这次庆祝活动是全国、全世界瞩目的重大政治活动！

联想到美蒋的飞机曾17次窜入大陆多个地方进行侦察，曾两次窜入京津地区上空，让北京的防空变得尤为受到关注，空军部队在保持警惕的情况下，加强了训练和部署。

当时，国民党空军对大陆的纵深侦察，动用了RB-57A喷气侦察机，这种飞机曾被人民空军航空兵击落或击伤过。

面对惨败的结局，国民党不甘心，又把目光投向了美国。美国政府为了协助蒋介石反攻大陆，在1958年3月至12月，派美国飞行员直接驾驶U-2型飞机侵入大陆侦察。

面对美国入侵，中国政府表达了强烈的抗议，但美国不顾中方反对，又将两架比RB-57A更高级的

空中保卫战

RB-57D高空侦察机交给国民党，由国民党空军驾机到大陆侦察。

这种 RB-57D 高空侦察机能飞到 2 万米以上，飞机装有 4 架航空相机，在 1.85 万米的高空实施航空照相，甚至还可以拍摄长约 400 公里、宽约 70 公里地幅的地面目标。

由于解放军防空装备远远不如敌人，别说高射炮无法射中 RB-57D，一般歼击机也不是它的对手，所以国民党的这种飞机在大陆地区极其嚣张，他们觉得解放军拿他们没办法。

在 1959 年 1 月至 3 月，国民党空军曾用美国人给他们的 RB-57D 高空侦察机对大陆纵深进行战略侦察，该机进入大陆 10 架次，活动地区遍及中国大陆多个省市，严重威胁了防空的安全。

当时，解放军的歼-5、米格-19 型歼击机虽然进行了 109 批、202 架次的拦截，其中有 106 架次，我飞行员发现了目标，但终因飞行高度够不上而无法攻击，使得敌人逍遥法外。

为加强国庆期间的防空作战力量，空军把这一光荣任务交给了空二十五师的"尖子大队"，即七十四团二大队来执行。

为此，空军司令刘亚楼命令："由尚德赞大队长率领第一梯队转场，担任国庆节期间的夜间国土防空作战值班任务。"

根据敌情的变化，第一梯队又奉命转场到广东沙堤机场，与喷气式夜间截击机共同担任夜间国土防空作战任务，守卫着祖国的南大门。

担任国土防空作战的夜间战斗值班，和过去其他时期的战斗值班相比有很多不同的地方，首先在地面就要过好两关。

第一关就是要学会在机场战斗值班室里睡好觉。

因为刚参加夜间作战值班，飞行人员都处于临战状态，情绪振奋而又紧张，加上和衣而眠很不习惯，因此往往躺在床上翻来覆去，久久难以入睡。

好不容易入睡了，做梦也尽是升空作战飞行的一幕又一幕，但经过一个阶段的适应，他们就和老的值班飞行人员一样，上床不久就入睡了。

有一次深夜，作战值班室内的飞行人员都正在熟睡之中，有一位新参战的飞行人员突然从床上坐起，大叫一声："一等！"全体战斗值班的飞行人员都立即跟着从床上坐起……

幸亏大队政委告诉大家："还没有敌情，是说梦话，大家继续睡觉吧！"

第二关就是要学会听到战斗警报后，能在规定时间内升空作战。

"时间就是胜利"，延误了时间就会贻误战机，那是绝对不能允许的，所以，参战飞行人员都要演练多次，才能达到上级规定的时间要求。

空中保卫战

有一次，从接到命令到起飞，上级机关认为晚了一分多钟，空军司令部还来追查贻误战机的责任！这一下把大家都吓了一大跳，幸好追查的结果是这一分多钟的延误责任不是参战机组造成的。

为了迎接国庆的到来，全国各地的防空兵也都加强了防备。特别是广大沿海地区，为了打击来袭的敌人，空军战士时刻都保持着高度的警惕。

雨夜发现敌人侦察机

1959 年 5 月 29 日深夜，广东恩平山区阴沉沉的，还下着雨。此刻，担负着作战值班任务的空军某部的指挥所里，指战员们比平时更加警惕地观察着空中的可疑情况。

雷达的天线在风雨中不停地旋转，在搜寻着可能出现的敌机目标。雷达操纵员仔细地监视着荧光屏，连眼睛都不敢眨一下。

23 时左右，雷达显示上出现了一个可疑目标，经过大家仔细辨认，确定这是一架国民党 B－17 侦察机，此刻正向雷州半岛方向飞来。

在指挥部里，大家纷纷表示：

打下 B－17，向国庆 10 周年献礼！

但国民党 B－17 侦察机自从 1956 年 6 月 23 日被第十二师的鲁珉击落过一架后，至今还没有人击落第二架，何况在这样有雨的天气里。

指挥员、副师长李宪刚低下头，仔细地看着标图板上的敌机航迹，分析着敌机的企图和动向。

根据雷达部队提供的情报，塔台值班指挥员、副师

空中保卫战

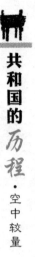

长李宪刚已经迅速判断出了敌人活动的区域和飞行的航线，但是他没有立即下令飞机起飞迎敌，而是把手伸向了窗外。

窗外，冷风习习，雨仍在淅淅沥沥地下着，细密的雨水很快就淋湿了他的手心，李副师长正在进行着多种方案的比较和思考：云层这样低，能见度这样差，雨又下个不停，在这样复杂的夜间气象条件下作战，这是第一次，千万要慎之又慎。

他又一次询问了天气情况。

"云高两万米，今天晚上只会上升不会下降，积云上升后雨也很快就会停止。"气象参谋极有把握地说。

但是，李宪刚还是迟迟没有下达出击命令。很显然，他不能因为急于歼敌，而拿战机和飞行员的性命冒险。

李宪刚注视着窗外的雨夜，点燃了一支香烟，深深地吞吸了一口，然后思绪转向更深的层次。

他知道，从 1957 年开始，国民党空军主要使用经过改装的 B-17 型飞机对我大陆进行电子侦察，并且由月夜、中空活动，改为暗夜、低空活动。没有充分把握，敌人也不会选择这种天气出动的。

他知道，今天这一仗意义重大，也是空军指战员上下期盼已久的一次战斗。越是如此，越不能仓促迎战。

在当时，李宪刚所在的部队只有歼-5 截击机，虽然安装了截击雷达，可它只适用于 3000 米以上中高度作战，低于 3000 米时，雷达受地物回波的干扰，就无法正常工作。

再说，敌 B－17 型战略侦察机的低空性能好，常以 300 米到 500 米的高度隐蔽入陆，继而根据飞行航线上地面的实际地形变换高度。

当这种敌机受到解放军威胁的时候，还可以低空飞行并降至 200 米左右，因此，解放军的雷达很难连续掌握敌人的航迹。

在平常，敌 B－17 侦察机就是利用它适于暗夜、低空、慢速的特性搞偷袭行动，秘密地侦察解放军地面雷达的部署和性能。

当解放军的飞机进行拦截时，敌机能用无线电窃听设备听到解放军地面指挥员与飞行员的对话，测出大致方向后，做机动飞行……

但是，能让敌人这样逍遥法外吗？不能！为了国庆的安全，也要把这架飞机打下来！

李宪刚掐灭烟蒂，果断地一挥拳头，下达了命令："起飞！"并对大家说："马上出击，叫蒋哲伦开车！"

蒋哲伦是该地区航空兵飞行中队长，平常不爱讲话，但前几天在夜航支部的动员大会上，他却第一个向全队空战训练成绩最好的郝太华提出了挑战："看谁先击落敌机！"

这天晚上正是蒋哲伦值班，当时他坐在飞机上望着漆黑的雨幕，已经预料到会有艰巨的任务等待着他。

就在蒋哲伦望着雨夜遐想的时候，绿色信号弹腾空

而起，并传来"起飞"命令。

"砰砰！"两颗红色信号弹腾空而起，在迷茫的雨夜里显得格外鲜活、亮丽。

有着"全天王"之称的飞行中队长蒋哲伦，驾着战鹰迅速滑出跑道，直插茫茫夜空。

蒋哲伦的耳机里传来领航员的声音："高度2500，航向240，时速850！"

蒋哲伦大声回答说："明白！"

"全天王"蒋哲伦雨中凯旋

机窗外电闪雷鸣，大雨仍在继续，蒋哲伦敏捷地驾驶着战鹰，根据领航员报给的各项数据，利用两个云层之间的空隙，以最快的速度向战区疾飞。

座舱外一片漆黑，云低雨急。忽然，飞机如同被巨浪托举的一叶小舟，剧烈地上下颠簸起来。

危险！蒋哲伦马上意识到飞机进入了积雨云，这种云满负电荷，一不小心，就会触上雷电，机毁人亡。他沉着地操纵着飞机，小心翼翼地从积雨云的边缘飞了出来。

又一团浓云迎面扑来，飞机来不及躲避，又剧烈地左右摆动，难以操纵，蒋哲伦只觉得眼冒金星，两耳发痛，大脑一阵阵晕眩。

蒋哲伦感觉就像连人带机钻进了热气腾腾的火炉里，什么都看不见，只有耳机里"叭叭"的响声，震得他耳膜发痛，信号也受到了云层的强烈干扰。

蒋哲伦的处境十分危险，此刻，歼-5战斗机已经进入了积雨云，如果处置不当，就会触击雷电，后果将不堪设想！

蒋哲伦不顾危险，先让自己尽量镇定下来，他默默地想："要相信自己，相信地面引导。"

空中保卫战

就在蒋哲伦与云海搏斗神志有些昏迷的紧要关头，耳机中传来了塔台指挥员李宪刚清晰的指示声音，蒋哲伦立刻清醒过来。

飞机在云层里面临着危险，蒋哲伦稳稳地坐在驾驶椅上，眼睛紧紧盯着仪表，手紧紧握着驾驶杆，细心地、冷静地操纵飞机，终于从积雨云的边缘穿过，向着敌机追去。

在距敌机 30 公里时，地面指挥所发来了李宪刚的口令："减速！"

这个时候，蒋哲伦驾驶的战斗机若突然减速，就如同奔驰的汽车猛然间停止，弄不好还会出现难以预料的危险。

可是蒋哲伦还是毫不犹豫地突然变换速度，在高空中急忙"刹车"，他不怕，因为他相信自己娴熟的飞行技术！

很快，蒋哲伦驾驶的歼－5战斗机进行低速飞行，并按照地面指挥员李宪刚的命令一边下降高度，一边向敌机靠近。

蒋哲伦和敌人越来越近，只有 17 公里了，可是，敌机突然钻进了山沟，指挥所雷达屏幕上的目标在瞬间消失了。

参谋人员说道："故伎重演，想逃！"

前面是一座黑黝黝的大山，今天要想把敌机击落，就必须在通过大山之前突破原来规定的高度，迅速下降接近敌机。

然而，在这雨雾蒙蒙的大山中降低高度，稍有不慎，飞机就会撞山爆炸，机毁人亡啊！在指挥所里，大家急得团团转。

指挥员告诉蒋哲伦说："山高 1200 米。"

蒋哲伦看了一下自己的高度表，原来他的高度是1800 米，他毫不犹豫地一推操纵杆，把飞机下降到 1400米的高度。

蒋哲伦所在的高度仅仅高于山头 200 米。他心里明白，这样很危险，但是，只有这样贴着山脊飞，才有把握发现敌机！

地面指挥所发来命令："注意，你已接近敌机，但仍比敌机高 300 米！"

蒋哲伦边下滑边搜索敌机，他打开飞机上的雷达，仔细地观察荧光屏。就在飞机转弯下滑时，荧光屏上出现了杂波干扰，目标回波信号极其微弱。

他马上瞪大双眼看，辨别着夜空中每一点异常迹象。果然，右下方不远处闪现出一个小小的红色亮点，雷达显示器上右 15 度 3.2 公里处就有一个模糊不清的目标信号。

蒋哲伦兴奋地说道："这肯定是敌机机尾喷口的火光！"

他马上向地面报告说："发现敌机！"

蒋哲伦一面修正航向，一面调整高度差，在接近至 2

空中保卫战

公里处截获敌机。

指挥所发来命令："攻击！"

话音刚落，蒋哲伦就开始了一系列干练、利落的动作。加大油门，急冲下滑，瞄准敌机，按动炮钮。

"咚咚咚，咚咚咚……"

一连串的炮弹射向敌机，强烈的火光刺得蒋哲伦两眼顿时一片空白，他只好凭着感觉保持平飞。

过了一会儿，蒋哲伦感觉好多了，视力也逐渐恢复了，这时他才发现左翼下方的夜空里，有一团黑烟在慢慢地后移。

蒋哲伦高兴地对地面指挥所说道："我打中了！打中了！"

但不能让敌机带伤逃掉！蒋哲伦顾不上高兴，扭转机头，重新占位，准备再次攻击。

就在这个时候，敌机也掉过头来，迎面钻入一块厚厚的云层，目标又消失了。

为防止敌机灭火逃窜，蒋哲伦请求再次地面引导。

地面发出通报："敌机在你正前方 6 公里处，按原来方向进入。"

蒋哲伦回答说："明白！"

他继续向敌机接近，不久，敌机果然出现了，当达到射击距离时，蒋哲伦机敏地对准敌机连射 1.5 秒，射击后，一面报告，一面增速准备退出攻击。

当蒋哲伦再次出云时，发现敌机仍在着火，尚未坠地，便请求第三次攻击。

地面指挥所命令："沉着地打，坚决地打，狠狠地打，直到把它打掉为止！"

蒋哲伦略微修正了一下航向，马上加快速度朝敌机追去，直到敌机走投无路，像一只无头的苍蝇一样乱撞，一下子撞到山上。随着一声剧烈的爆炸，火光冲天，敌机爆炸的碎片飞溅。此时，蒋哲伦才舒了一口气，缓慢地升入高空。

雨停了，云散了，广阔的天空又显出难得的美丽与平静，天上的星星重新露出了笑脸，簇拥着英雄蒋哲伦凯旋。

战后查明，敌机坠于广东恩平南 15 公里的那关山上，机上 15 人全部毙命。

空中保卫战

搜寻 B-17 飞机残骸

蒋哲伦击落敌机的情景，恩平当地很多村民都目睹了。当时天空很黑，还下着大雨，村民们突然听见一阵飞机的轰隆声响彻空际……

附近村民循声望向天空，只见天空上飞着两架飞机，前面的一架拖着长长的火苗，后面的紧追不舍，村民惊讶得张开大嘴，说不出话来。

村民们还没反应过来是怎么回事，只听"轰"的一声巨响，前面的一架飞机撞到了山上，后面尾随的飞机见状急忙将飞机拉起，掉头飞走了。

接着，山上燃起了熊熊大火，把整个山头映照得通红，幸好天空下着雨，只是一些小树和树下的草被烧，并没有引起严重的山火。

不到半个小时，民兵和村民都赶来了，漆黑的雨夜变得热闹起来。

当时形势比较紧张，大家时刻防范台湾反攻大陆。飞机爆炸后，一些村民就说："可能有特务!"

民兵火速行动，民兵营长带领民兵把爆炸的现场守了一夜。因为天黑，大家都看不清楚现场，只是嗅到一股浓重的焦味。

天亮了，群众三五成群地去观看坠毁的飞机，因为有民兵把守着，只有极少数的群众跟随民兵上山看到了现场。

民兵营长后来说，当时飞机撞在半山腰，那里刚好有个炭窑，飞机上的人全部死亡，尸体被烧焦，有的横在机舱内，有的摔出了飞机外。

摔出飞机外的，几乎都在同一处，只有一个离得比较远，估计是当时还没死，往山上爬了一段距离才死的，衣裤烧了大半，残留的衣服碎片依稀可以辨认"某某空军后勤部"的字迹。

在那具算比较完好的尸身下，有个新挖的大约20厘米的坑，猜测是他在死亡前挣扎时用手挖的，从痉挛的尸体可以看出他死亡前的痛苦。

那庞大的飞机也被烧得黑黑的，一只翼断了，掉进了炭窑里。在焚烧过的地面上，还见到几瓶零落的罐头，据说那是飞行员的专门食品。

附近的村民在有关部门的安排下，把尸体拖进炭窑里，就地掩埋了。

飞机残骸摆放在山上时，还发生了这样一段小插曲：当时有一个年轻人，因为办事莽撞无知，竟然锯下机翼的一块铝块，拿回家铸打汤匙，结果被拉往阳江劳教了几个月。

飞机是在20多天后才被搬走的。部队派了一架直升机来，准备吊走飞机残骸。他们根据报纸"恩平南面的山区"这样的叙述来寻找飞机残骸，结果找来找去却没

空中保卫战

有找到。后来又先后在横陂中学的操场上以及横盘村附近降落了 3 次，最后在村民的指引下才找到。

现场察看后，发现飞机的残骸是直升机的两倍那么重，怎么也吊不起来。于是，就发动横陂垌的农民群众，用人力搬走，大块的抬，小块的挑，搬到横陂垌，最后才用车运走了。

积极防范敌机窜扰

1959 年 8 月，为了加强国庆期间的防空安全，航空兵第二十五师七十四团飞行二大队全体飞行人员都已经进入了警戒状态。

这时，空军司令部传来命令：

> 为了保卫建国 10 周年大庆的防空安全，二大队分成 4 个分队，分别进驻江苏省的盐城机场、无锡硕放机场、福建省的连城机场和江西省的向塘机场，担任拦截美蒋 P－2V 侦察机夜间作战值班任务。

接到命令后，大队长尚德赞率领杜－2 战斗机群第一分队进驻江苏盐城机场。

盐城机场位于苏北平原，东临黄海，背靠中原腹地，西北方向就是华北平原，可以说战略位置十分重要。

国民党 P－2V 侦察机在夜间低空或超低空窜犯大陆时，往往首先选择从黄海超低空贴着海面进入苏北平原，因此，在黄海的海堤上，有的树都被敌机削光了梢头，可见敌机的频繁。

在这种情况下，解放军空军的地面引导雷达就很难

在短时间内发现敌机，等到地面引导雷达发现敌机后，当时驻守在盐城机场的喷气式截击机再进行拦截，不是因敌机飞行高度太低，不宜喷气式截击机攻击，就是喷气式截击机受续航时间的限制，所以常常让狡猾的 P-2V 侦察飞机溜走。

战士们都感到十分愤怒，但是也无可奈何。

由此可见，进驻盐城机场的尚德赞分队，面临着拦击国民党 P-2V 侦察飞机的艰巨任务，为了不使 P-2V 侦察飞机窜入中原腹地或北京地区，大家都保持了高度的警惕。

这种 P-2V 型电子侦察机，原是美国海上反潜巡逻机，经过改装后，不仅能超低空飞行，还能在黑夜长途奔袭。

P-2V 侦察飞机装有先进的电子侦察和干扰设备，配有驾乘人员 13 至 14 人。即机长 1 人，正副驾驶员 4 人，领航员 2 人，通讯员兼电子侦察、干扰 4 人，射击员兼空投物品、散发传单 2 人，执行任务时可以分成两个班次，一组干活，一组睡觉。

就从这个小细节也能看出，国民党 P-2V 侦察飞机窜犯大陆时有多么骄横和狂妄。

而尚德赞的杜-2 战斗机群第一分队进驻盐城机场后，马上与喷气式截击机十一中队的空军战士共同防范敌 P-2V 侦察飞机的袭扰。

另一方面，战士们还利用夜间明亮的月光，抓紧练兵，因为这个时候敌P-2V侦察飞机一般不敢轻易闯入大陆进行侦察。

战士们在训练中，尚德赞的第一分队与喷气截击机一起，以杜-2教练机为假想敌机，在地面指挥所的指挥引导下，分批次拦截"敌机"，截获目标。

大家还演练了在敌P-2V侦察飞机实施机动飞行和施放电子干扰的情况下，如何对它进行跟踪。这样，从难、从严、从实战出发的空地合练，提高了空地协同作战的水平。

同时，雷达兵也加强了训练，他们一天24小时要分秒不停地对空侦察，这其中的压力和辛苦是常人所无法想象的。

就拿常规的来说，他们每天都得在雷达范围内引导附近机场的军机训练，有的时候一下就是起降十几批次，一点间隔的时间都没有，常常一次值勤下来内裤都被汗浸湿了。

不过这还不是最辛苦的，最让人头痛的是国民党敌机的侵扰，让人恨得牙痒痒。

他们有一多半的时间是用来和P-2V侦察飞机作斗争的。敌机时常采用超高空和超低空两种方式入侵江苏等地，这让雷达兵的任务变得异常艰巨，他们需要随时及时地发现敌情。

每当夜深人静，人们纷纷进入梦乡的时候，在海岸线以外徘徊的P-2V侦察飞机就会像"幽灵"一样窜入大陆上空，它常走的一条航线是盐城一带。

面对这种情况，雷达操纵员中的技术骨干，不管在什么情况下都要坚持工作。

有一天来了紧急命令，当时一个叫小郭的雷达兵正好休息，深夜 23 时听到警铃后二话没说就从被窝里爬起来往雷达车赶。

小郭一路狂奔，当时天上还下着雨，路坑坑洼洼很难走，一不小心摔了一跤，弄得棉衣棉裤都是泥水。

可战斗时间就是生命，小郭马上爬起来再往前赶，赶到雷达车后稍稍擦了一下就上岗了，他把身上的疼痛都化作了工作的力量。

事实上，每个雷达兵都把工作看得比自己的生命还重要，为了祖国防空的安全，为了不让敌机来袭扰，他们愿意奉献一切。

敌人常常是超低空飞行，解放军的喷气式飞机只能在上面看，却不能俯冲开炮，还得憋着一肚子气"目送"敌机飞出雷达的侦察范围。

有的时候雷达监测到了 P－2V 侦察飞机，但敌机在返航的时候选择不同的航线逃窜，而解放军按原路线寻找只能无功而返。

为此，雷达兵就严格要求自己，时刻也不让自己放松。

这些雷达兵常年都在这种环境中值勤，久而久之就患上了神经衰弱，有的人很早的时候头发就全白了，可他们却一点儿也不在乎。

到 9 月份的时候，离建国 10 周年大庆的日子越来越近了，但敌 P-2V 侦察飞机的活动也随着频繁起来，有时敌机在苏北平原东面的黄海海域低空盘旋，寻找机会进入苏北平原。

敌 P-2V 侦察飞机常常在傍晚的时候由台湾飞往南朝鲜，等到深夜再从南朝鲜机场起飞，超低空从黄海窜入苏北平原。

为了保障建国 10 周年大庆的安全，尚德赞的第一分队严阵以待，保持着高度的警惕。

一旦解放军地面情报雷达或是地面引导雷达发现敌机来袭，空军指挥所就会命令驻盐城的夜间截击机升空迎敌。

在解放军严密防备的情况，敌 P-2V 侦察飞机就利用机上先进的电子侦察设备躲避雷达的监视，一旦发现情况不妙，就会以最快的速度逃窜。

面对狡猾的敌机，空军指挥所决定改变战术，当解放军地面情报雷达发现敌机窜入苏北平原后，地面引导雷达暂不开机，借以麻痹敌 P-2V 侦察飞机，诱敌深入，让敌机进入埋伏圈。

另一方面，夜间截击机采取隐蔽出航，也就是先期尽量减少空地通话联络，根据地面情报发现敌 P-2V 侦察飞机飞进苏北平原腹地之时，地面引导雷达就突然开机，对空中截击机实施精确的引导，从而给空军提供了

空中保卫战

拦截敌机的有利战机。

大队长尚德赞率领的杜－2 截击机，在近 3 年时间里，一次又一次出色地完成了拦截、阻击蒋匪 P－2V 侦察机的战斗任务，作出了突出的贡献。

我空军飞行员和指挥员们，在杜－2 截击机所总结的拦截、阻击 P－2V 侦察机经验基础上，多动脑子，终于想出了办法。后来，蒋匪 P－2V 侦察机在大陆的侦察活动，就彻底绝迹了。

追击拦截敌 P－2V 侦察机

9 月份的一天晚上，天空阴暗暗的，还下着淅淅沥沥的小雨，这时盐城机场得到情报告知：

敌 P－2V 侦察飞机今晚准备出动。

整个机场马上进入警戒状态，当天战斗值班的空地勤人员快速进入机场，进行战斗起飞前的飞机检查和空地协同研究。

敌人来袭的那天晚上，盐城机场参加作战值班的飞行人员都回到机场战斗值班室进晚餐。有趣的是空勤食堂送来了新上市的大闸蟹，给紧张忙碌的飞行员平添了不少热闹气氛。

当时，飞行人员一边吃着秋蟹，一边说笑："今晚在地面吃这横行霸道的螃蟹，哪一天能吃掉那横行夜空的螃蟹呢？"

一个飞行人员就说："不用悲观嘛！"

就在这个时候，战斗警报突然响了。

大家多日来的警惕性一直都很高，飞行员们马上丢下饭碗，随手提起靠在腿边的飞行图囊和飞行帽快速行动。

大家井然有序地冲出战斗值班室，按预定的路线直奔停机坪而去，他们已经迫不及待地想和敌机在空中一比高低了。

当时天空下着雨，去停机坪的路泥泞不堪，大家就踏着泥水狂跑，没人去顾及溅在衣服上的泥水……进入飞机座舱后，为了隐蔽出航，作战飞机迅速开车、滑出、起飞。

升空后，杜–2战斗机按照地面指挥所发出的命令，快速调整航向、高度和速度，这时大家才发现，飞行服上已经溅满了泥水，他们的手也满是蟹腥味，飞行员们笑了。

杜–2战斗机穿梭在云层里，耳机里传来了地面指挥所的命令。最后一次指挥口令是将高度下降到500米。对于这些，飞行员心里都非常清楚：我们杜–2飞机已被引导到敌P–2V间谍飞机尾后不太远的位置上了。

半个钟头后，前座飞行员赵永寿按照指挥所的命令，操纵飞机保持到新的航线上。

后座飞行员一面调试空中射击雷达，一面在机内鼓励大家说："战机来了，沉着应战。"

不一会儿，地面指挥所接连几次命令飞行员改变航向，并要求把飞行高度下降到500米。

杜–2战斗机群在快速接近敌P–2V侦察飞机。

在飞机上，大队长尚德赞仔细盯着飞机雷达荧光屏，搜索目标。

这个时候，机上的飞行人员都急切等待着地面指挥所下达攻击口令，但等了好长一段时间也没有声音，大家都急坏了。

大队长尚德赞不得不主动呼叫地面指挥所，然而却得不到任何回音。

面对这种情况，大队领航主任程贻金，按照空中推测的位置，发现杜－2飞机即将飞进前面的山区，就马上用机内通话告诉尚德赞："前方是山区，升高高度，以防撞山！"

杜－2飞机正要提升高度的时候，通讯主任薛世康接到地面对空电台发来的报文，令飞机返航，尚德赞急忙命令前座飞行员操纵飞机返航。

在返航的途中，大家心中都有一个问号：为什么在即将截获敌机的时候，听不到指挥所的指挥，接着又下令撤兵呢？

回到地面指挥所他们才知道，当解放军杜－2飞机在雷达的引导下，快要抓住目标之际，敌P－2V侦察飞机凭借其先进的电子侦察设备，发现自己受到了解放军雷达监测，很快就飞到了雷达监测范围外，造成雷达上显示敌机的景象时隐时现。

敌P－2V侦察飞机为了躲避杜－2飞机的追击，采取下降高度的办法，飞向解放军地面雷达网探测的死角，即山区上空。

就这样，解放军地面引导雷达不仅发现不了敌机，也

看不到杜－2飞机的行踪，而且地面指挥所和杜－2飞机的通话系统也出现了故障，这次又让该死的P－2V侦察机又逃掉了。

通过这次行动，P－2V侦察机虽然逃脱了被歼的命运，但也吓了一个半死。

从这一个晚上开始，直到建国10周年大庆，P－2V侦察机一直未敢再闯进苏北平原，从而确保了国庆的安全。

四、 夜间低空战

● 敌 P-2V 侦察机又使出了电子干扰的招数，但尚德赞早已练出了火眼金睛，从雪花中分辨出 P-2V 侦察机，死死咬住不放。

● 徐道还在空中焦急等待着上级的命令，徐道又一遍遍地请示撞机，他已经把生死置之度外了。

● 王文礼启动按钮，一连串的炮弹射向了敌机，顷刻间火光一片，敌机中了一发炮弹，燃起大火，最后跌落下去……

王子民穿膛敌 F－86F 战机

1960 年 2 月的一天，国民党空军某大队 8 架 F－86F 战斗机从台湾某机场起飞，他们的 1 号机、5 号机各携带 2 枚响尾蛇导弹飞来。

面对敌人的突然行动，解放军空军某大队在队长王子民的带领下，率 8 架歼－5 战斗机迅速起飞迎战，一场激烈的空战马上开始了。

两边的编队快速靠近，在厦门附近上空相遇，越飞越近，谁也不敢转弯，因为谁要是转弯就会给对方以快速攻击的机会。

双方的战斗机头顶头，越飞越近，最后，国民党飞行员耐不住性子了，带队长机，按下导弹发射按钮。

解放军地面指挥人员在雷达荧光屏上看见敌机的举动，马上对歼－5 战斗机的飞行员提醒说："你们要小心，敌机放导弹了！"

解放军空中飞行员一听，哗地就散开了，都用事先学的战术动作规避导弹，有的向太阳方向急跃升，有的向大海俯冲。

敌机一看，也都哗的一声散开了，空中四面八方的都是飞机。

这个时候，只有解放军带队长机王子民沉着冷静，他以最大坡度、最小半径作了一个急转弯。

王子民绕过来一看，发现前面正好有一架飞机，很像解放军的飞机，于是，他就想靠上去看看是不是歼－5战斗机。

岂料这架飞机却是国民党带队长机。F－86F外形跟歼－5有点像！敌军带队长机一看，后面一架向自己靠拢，笑着说道："是谁，来掩护我的？回去可要好好夸奖夸奖。"

敌军带队长机挨近了一看，惊恐地说道："不对！是共军！"

敌军带队长机吓得加大油门就跑，王子民一看也加大油门紧追！

敌军带队长机看解放军的飞机追了上来，赶紧加大速度跑。

就这样，没导弹的追带导弹的，追得那个敌机狼狈逃窜……

敌F－86F战斗机把导弹扔掉后，重量就减轻了很多，和王子民飞行速度差不多，在距离1000米时，王子民怎么也追不上敌人了。

王子民怕敌人溜掉，就大喊："打！"

王子民用活动环套住了敌机，在1000米距离时3炮齐发，"咣当"一声！命中一发！

歼－5飞机的机载火炮的炮弹是三连发的，一发穿甲弹、一发爆破弹、一发燃烧弹，命中的这发恰好是颗穿

夜间低空战

089

甲弹。

王子民发射的炮弹从 F－86F 发动机尾喷管穿进去，打穿座舱，正好从敌机飞行员握着驾驶杆的手上插过去，座舱里流了一摊血。

敌军带队长机挨了一炮，赶紧装死，朝着大海就俯冲下去！

王子民目睹了这一切，以为敌机真的不行了，就大喊起来："打掉一架！打掉一架！"

地面指挥所看见后，也跟着欢腾起来，要知道，这可是世界空战史上，首次不带导弹的歼击机战胜带导弹的歼击机！

但这个时候，政委却喊道："都别高兴！咱们的飞机还没回来呢！"

不一会儿，解放军的 8 架歼－5 飞机顺利地返航了。政委走过去，指着飞机，像数着宝贝似的，他一架一架地数了数：1 架、2 架、3 架……8 架！

顷刻间，机场又沸腾了，王子民立刻成了大家的英雄，因为他在没有导弹的情况下，大胆地追击有导弹的 F－86F 战斗机，并且还击中了。

不过大家后来才知道，是击伤不是击落，可同样是重大胜利，空军仍然按击落给王子民记一等功，并号召大家向他学习。

王子民觉得自己完全可以把敌机打落，他去找军械师："你干吗给我装穿甲弹？不然……"

军械师笑了笑说："谁料到偏偏是这颗炮弹打中敌机呢，要是知道都给你换上爆破弹！"

两个人都嘿嘿地笑了，自那以后，国民党的 F－86F 战斗机就不怎么过来了。

夜间低空战

改装杜-2飞机

　　自从勇敢的王子民在冒险的情况下，击中F-86F战斗机后，国土防空转入下一个回合——夜间低空侦察与反侦察。

　　当然，夜间侦察与反侦察从解放以来就一直持续着，但在台湾空军装备P-2V侦察机之前，一直是一边倒，解放军胜得多。

　　国民党空军在装备P-2V侦察机之后，形势完全变了，国民党的侦察机活动起来方便多了，胆子越来越大，气焰也开始嚣张起来。

　　因为P-2V侦察机是当时绝对的高科技，这样的飞机全身都是当时世界上最先进的电子设备，比如地形跟踪雷达，比如电子干扰设备……

　　P-2V侦察机专门在暗夜来，低空钻山沟，遇到拦截就施放电子干扰，致使解放军的雷达无法跟踪，就算跟踪上了，也会让敌人逃掉。

　　P-2V侦察机的主要任务，一是实施电子侦察，获取大陆军事、政治、经济方面的战略情报；二是空投武装特务；三是散发反动传单，在政治上对大陆进行所谓的"心理战"，进行反革命宣传和煽动，妄图策反大陆军政要员。

保卫祖国领空是我人民空军的神圣职责，他们为打击 P－2V 侦察机付出了艰辛的努力和沉重的代价。

为了确保国庆防空安全，尚德赞在江苏盐城率领杜－2 飞机和敌军的 P－2V 侦察机展开了空中较量，但由于敌机干扰雷达系统，才让敌机灰溜溜地逃掉。

那个时候，解放军夜间作战飞机只有歼－5 装备截击雷达，而它的最大搜索距离短，截获距离更短，根本没法和敌人先进的 P－2V 侦察机比。

歼－5 有很多次快要跟上了，但 P－2V 侦察机却往山沟里一钻，施放电子干扰，飞行员面前一片迷茫，什么都看不见，敌人就趁机逃跑了。

更糟糕的是，P－2V 侦察机是螺旋桨机，巡航时速 300 公里，而歼－5 是喷气式飞机，比敌机速度快得多，更不能在空中停留，常常会冲过敌机。

就这样，P－2V 侦察机常常肆无忌惮地从福建到江西，再到湖北、河南，甚至到了北京附近转一圈就跑，然后大摇大摆地回台湾……

不能让敌人这么猖狂下去了！为了对付 P－2V 侦察机，解放军空军想尽了办法，后来终于想出一招，就是使用同类型飞机拦截。

解放军的同类型机就是杜－2 轻型轰炸机，也就是尚德赞在江苏盐城驾驶的那种飞机。

杜－2 是苏制轻型轰炸机，乘员 4 人，包括飞行员、领航员、通信员、射击员。杜－2 轻型轰炸机也是第二次

夜间低空战

世界大战时苏军战场的主力机种。

解放军装备杜-2后，在抗美援朝轰炸大和岛和解放一江山岛作战中立过战功，炸毁了美军在大和岛上的电子侦察设施，还击沉过敌坦克登陆舰。

为了打击P-2V侦察机，空军就决定对杜-2进行改装，然后就给杜-2装上截击雷达，称为杜-2轻型轰炸机。

于是，杜-2轻型轰炸机成了夜间截击机，专门对付敌人的P-2V侦察机。

有一天，P-2V侦察机又鬼鬼祟祟地来了，这个时候，解放军空军早就等不及了，很想试试刚刚改进的杜-2战斗机。

接到敌情命令后，01号杜-2战斗机起飞拦截，快速接近敌机。

敌P-2V侦察机一看解放军来追它，驾驶员就猖狂地笑了笑，以为解放军的飞机拿它没办法，就赶紧拿出看家的本事，钻进山沟，施放电子干扰。

01号杜-2战斗机紧追不舍，也钻入山沟。

解放军地面指挥引导人员在雷达显示屏上，根据两机的回波，指挥杜-2战斗机紧紧追在P-2V侦察机的后面，但机上截击雷达被干扰，看不见目标，飞行员无法瞄准，只能被动跟踪。

在追击中，01号杜-2战斗机不幸撞击山体坠落。

01号杜-2战斗机遇难，02号起飞！

P-2V侦察机准备返航的时候，我02号杀出来，以90度角进入，飞向P-2V侦察机。

地面指挥引导人员通报："02号请注意，敌机正前方1公里！"

01号全体牺牲，02号机长满腔怒火，什么雷达截获瞄准全都不管了，听见敌机就在前面，狠狠按下射击按钮，双炮齐射！

火光映红了夜空，机长看见P-2V侦察机就在眼前掠过，可惜炮弹没有打中。低空长时间开炮的后坐力却使飞机失速，撞向地面！

02号机组壮烈牺牲！

一个晚上，损失2架飞机，牺牲8名机组人员，指挥员很痛心！

有人大声说道："这个仗不能再这么打下去了，我们得想办法……"

那时候，几乎所有空军夜间航空兵的飞行、指挥人员都在动脑子，想办法对付这个该死的P-2V侦察机，好给牺牲的同志报仇！

夜间低空战

尚德赞紧盯敌机 P－2V

1960 年上半年，尚德赞的二大队奉命全部撤回临潼机场进行休整，借以总结两年来杜－2 飞机在作战和训练中的经验教训，并检修飞机和机上设备，以利再战。

1960 年 9 月，二大队又奉命出战。在尚德赞大队长率领下，共 9 个机组和 4 架作战飞机，进驻河南省郑州机场。一旦发现敌情，常常是数架杜－2 作战飞机一起升空，在不同空域待机截敌，形成歼敌的有利态势。当时我地面指挥所和二大队全体飞行人员，都有一个共同的决心，只要敌 P－2V 侦察机进入我中原腹地，我多架杜－2 截击机立即升空，集中布防，诱敌深入，围追堵截，前赴后继，围歼狡猾的敌 P－2V 侦察机。

1960 年 11 月 19 日的夜晚，天空一片漆黑，整个河南大地都被寒气笼罩着，天上不时下着小雪，北风吹来，直让人打哆嗦。

当人们都在温暖的屋子里进入梦乡的时候，七十四团飞行二大队尚德赞大队正在机场值班。他们知道，这样的天气，正是敌人喜欢出动的时候。

20 时左右，突然响起了警报：敌人 P－2V 侦察机果然又来了。解放军 4 架杜－2 战斗机腾空而起，向敌机的方向飞去。

这时，国民党空军的一架 P–2V 电子侦察机，由浙江平阳进入大陆腹地，经青田、金华、安徽合肥、阜阳、河南商水、洛阳、三门峡……进行入侵侦察。

解放军 4 架杜–2 出发后，尚德赞机组在许昌空域待命，副大队长李学增机组火速赶到周口去待命。当李学增机组被引导到 P–2V 侦察机尾后数公里位置时，大家都高兴坏了，盼望着再接近一点，一举把这个该死的 P–2V 侦察机击落！

没想到诡计多端的敌机凭借先进的"护尾器"，发现了正向它追来的李学增机组，便施放电子干扰，致使解放军地面引导雷达失去目标。

等到引导雷达再次找到敌 P–2V 侦察机时，敌机已窜到许昌上空！

面对这种情况，地面指挥所一面命令李学增机组快速飞到新乡、焦作空域待命，一面命令尚德赞机组拦截敌机。

尚德赞机组在指挥所的引导下，很快到达敌 P–2V 侦察机尾后 2 公里处。尚德赞凭着他丰富的作战经验，很快从射击雷达上发现了目标，他兴奋地向指挥所报告说："我已截获目标！"

刚摆脱李学增追击的 P–2V 侦察机惊魂未定，又发现被尚德赞挡住了去路，而且处于很快被击落的危险境地，这是侦察机很少遇到的情况。

为了逃脱追击，敌 P–2V 侦察机又使出了电子干扰

夜间低空战

的招数，但尚德赞早已练出了火眼金睛，从雪花中分辨出 P−2V 侦察机，死死咬住不放。

敌机采取改变航向和高度的机动飞行办法，妄图逃生，但这也难不住尚德赞，不管敌机怎样机动飞行，始终没逃出尚德赞的追踪，而且越来越接近杜−2 战机火炮的有效射程。

敌 P−2V 侦察机在夜空中折腾了 20 多分钟的时间，却始终无法脱身。正当敌机面临被歼的时候，敌机开始使用全景雷达，这种先进的航空设备又让狡猾的敌机逃跑了。

敌机飞行员从全景雷达上发现了海拔 1440 米的中岳嵩山，立即对准嵩山山峰飞去。

在临近山峰前，敌 P−2V 侦察机突然跃升爬过山峰，而尚德赞大队长在荧光屏上看到的亮点已不是 P−2V 侦察机，而是嵩山峰顶了！

原来，尚德赞机组的雷达无法有效区分山峰和敌机的回波，仍然保持 900 米的高度向雷达指示器的回波点飞去，而这时雷达指示器的回波却是山峰的回波。

结果，杜−2 战机来不及拉起，就撞到嵩山山峰下约 80 米处，机上 4 人全部牺牲了。

他们是：大队长尚德赞、前座飞行员晁中学、空中通信员杜炳良、空中领航员邱业兴。

可恶的 P−2V 侦察机摆脱了追踪后，继续向纵深飞行，经洛阳，又飞到三门峡，然后沿入侵航线偏南 60 公里回返。

这次战斗后，二大队又回到了临潼，而在以后的战斗中再也不敢粗心大意。

但这次空中较量，尚德赞机组创造了截获目标后咬住敌机达 21 分钟之久的纪录，这是自 1958 年以来截击 P－2V 侦察机作战没有的记录！

尚德赞等烈士，出色地完成了党交给的拦截阻击 P－2V 侦察机任务，创造了空军在深夜和气象条件恶劣的情况下，打击 P－2V 侦察机的光辉范例。

1960 年 11 月 28 日，在庄严、肃穆的二十五师大礼堂里，聚集着 1000 余名空军官兵，他们精神饱满，怒满胸膛地参加师怀念大队长尚德赞等烈士的追悼会。

在追悼会上，空军王辉球副政委沉痛地发表了悼念词，内容如下：

今年 11 月 19 日深夜，在拦截阻击空中蒋匪 P－2V 侦察机，企图侦察我津京地区的战斗中，大队长尚德赞等烈士，英勇顽强，一直紧紧拦截阻击蒋匪 P－2V 侦察机 27 分 30 秒钟，迫使 P－2V 侦察机狼恐地逃窜。我代表空军党委向尚德赞等烈士致敬、致哀。

在全体官兵起立、脱帽静默 3 分钟后，王副政委激动地说："他们无限忠于党的革命事业，在战斗中表现出

英勇顽强，大无畏不怕牺牲的英雄气概，是我们全体空军官兵永远学习的好榜样！"

在这样的气氛里，广大战士都忍着眼泪大声说："向烈士们学习！"

还有的战士大声高呼："向人民英雄尚德赞烈士学习！"

此后，在二十五师掀起了向烈士们学习、"以烈士们为榜样，搞好本职工作，时刻迎接新的战斗任务"的高潮。

大家纷纷说："向烈士们学习，首先向尚德赞烈士学习！"

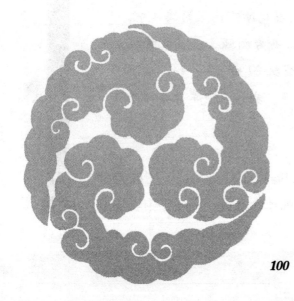

用照明弹对付敌侦察机

1961 年 1 月 25 日夜，天空漆黑一片，在海南岛东北地区上空，一阵刺耳的螺旋桨推进器轰鸣声，由远而近，转眼间，一个巨大的黑影几乎贴着树梢掠过夜空。国民党 P－2V 侦察机又来了。

敌机把一件件空投物品纷纷抛下，这些东西有援助所谓"琼崖忠义救国军"的武器，还有大量攻击社会主义新中国、引诱中国军队干部战士携武器"弃暗投明"、"卖身求荣"的传单……

对于这些可恶的敌人，中国空军将士无不咬牙切齿，却一时拿它毫无办法，只能眼睁睁看着它频频窜犯大陆，疯狂破坏国家的安全。

随着一颗红色信号弹的升起，解放军某部战斗机升空进行拦截。

在伸手不见五指的暗夜里，勇敢的解放军飞行员全靠雷达跟踪和地面指挥所的指令，紧紧咬住来犯的敌"P－2V"侦察机。

夜间低空战

这时，地面指挥部不断发来指示：

前方距离敌机 3000 米。
前方距离敌机 2000 米。

101

共和国的
历程·空中较量

近了！近了！更近了……只见雷达屏幕上一片闪光的亮点，目标混杂其中，顿时真假难分，负责引导的指挥员死死地盯着荧光屏。

指挥员焦急地说道："怎么办？"

解放军战机设备落后，遇到这种情况可以放弃追击，但就这么让敌人逃之夭夭，逍遥溜走吗？不，这是解放军英雄飞行员的奇耻大辱。

这个时候，解放军飞行员以无畏的勇气继续追击，在干扰中搜寻目标，终于重新咬住了敌机，大家下决心非打下它不可！

这时，P－2V 侦察机一计不成又生一计，它又像往常一样往山区飞，然后突然减速，并降低高度，在两山之间"捉迷藏"，之后又跑掉了。

类似的事件已经发生了好几起，而且在 1960 年还牺牲了尚德赞等几个空军英雄，这些都引起了空军将士的极大愤慨。

飞行员更是吃不下饭，睡不好觉，恨不得驾驶着飞机去撞 P－2V 侦察机，可是除了雷达上的光点，他们连敌机的影子都看不到。

P－2V 侦察机的罪恶行径，严重威胁了国防安全，理所当然地引起党中央、毛泽东主席和周恩来总理的高度重视。

日理万机的周恩来亲临空军某指挥所一个通宵，最后指示："采用一切方法将敌机击落！"

总参谋长罗瑞卿向全军发出指令："要以海底捞针的决心打下敌机！"

一时间，对付 P－2V 侦察机成为我军防空作战的中心任务，如何击落 P－2V 侦察机成了空军必须解决的难题！

P－2V 侦察机活动好像是神出鬼没一般，但解放军很快就掌握了它的活动规律：

它一般是在无月亮的暗夜入窜大陆，入陆的高度只有200至300米（目的是尽量避开我雷达探测范围），在大陆活动长达6至8小时，拂晓返回。

它在大陆定点、分段、计时作低空慢速飞行，航线曲折多变，通常在我重要城市、空军基地和高炮火力的边缘通过，这样既可以大量获取情报，又能避免遭我攻击。

如果碰上我战鹰拦截，它能迅速施放金属丝干扰和发射隐真示假信号，同时作不规则的航向、高度、速度机动，造成我机上雷达无法分辨目标，更不能瞄准攻击。这就是我战鹰奈何不了它反遭它暗算的原因。

另外，每周6晚上，P－2V 侦察机都不出

夜间低空战

动，原因是为了让那些不知哪一天就会见阎王的驾乘人员醉生梦死，寻欢作乐……

海军航空兵某部指战员经过战术研究，认为 P－2V 侦察机利用黑夜掩护是它的主要优势，如果能创造条件，使它暴露在明处，它就不堪一击了！这话在理论上当然是成立的，但有办法变黑夜为白昼吗？

当时，海军北海舰队航空兵副司令员陈士珍倡议，集中群众智慧，苦心钻研。

终于有一天，陈士珍看焰火时灵机一动，想出一个对付敌人的高招，后来空军给这个高招起了个代号，叫做"神炮"！

什么叫"神炮"？

是这样的：地面指挥人员先引导一架轰－5 战斗机飞到 P－2V 侦察机上空，跟着它飞，轰－5 战斗机带上几枚照明弹。然后引导歼－5 战斗机到 P－2V 侦察机屁股后面，这时候，下令轰－5 投照明弹，正好把 P－2V 侦察机照住，歼－5 上去飞行员用肉眼瞄准打！

这真是一个好办法，剩下的就是空中、地面苦练协同作战，练了一段时间，很快配合默契，对歼敌也信心充足了。

没过多久，国民党 P－2V 侦察机又来捣乱了，一阵较量后，被轰－5 战斗机用照明弹照住，歼－5 战斗机上去就是一顿猛打！

与此同时，有的部队又研究出"神枪"，比"神炮"更绝，就是在歼－5战斗机上装上探照灯，地面指挥跟上敌P－2V侦察机，打开探照灯，见了敌人就打。

　　不仅如此，空军还在地面发射照明弹，这种多机种协同、立体攻击的方法立即得到上级的支持，并从部队抽调飞机进行了"霹雳攻击"，即夜空照明战术的试验，取得了初步经验！

　　北海舰队航空兵副司令员陈士珍看焰火仅仅是一个引子，完整的作战方法是集思广益发明创造的。

　　经过集体创造的多种空战方法，在世界空战史中是首创，用落后的飞机和"笨"办法，成功击落先进的美制侦察机。

夜间低空战

"快速近战"击落敌侦察机

1961年11月6日18时18分,一架国民党P-2V侦察机在黄海上空距辽东半岛200多公里活动时,被雷达发现。

这个时候,解放军驻城子疃高射炮兵群迅速做好战斗准备,在距阵地40公里时,指示雷达突然开机捕捉P-2V侦察机。

探照灯兵大胆将敌机放近至5公里时,才突然开灯,4公里即照中目标,使敌机进入高射炮火力范围,高炮群集中开火,一举将其击落。

从探照灯照中目标到飞机坠地,只用了30秒钟,充分显示了"快速近战"战术的威力。

这次空战胜利后,总参谋长罗瑞卿亲赴现场向作战部队表示慰问,并指示将P-2V侦察机成员13具尸体,就近立碑埋葬,日后便于其亲属认领。

P-2V侦察机被击落后,国民党军此种飞机时隔7个多月才恢复活动,其活动地区多在大陆沿海,有时采取直进直出的方法,尽量缩短在大陆的飞行时间,同时,机上又更新了干扰设备。

后来,经解放军总参谋部批准,在山东流亭机场正式成立了海军航空兵独立第五大队,专门训练"霹雳攻击"战术。

各航空兵部队也相继成立了夜战独立大队，刻苦演练"照明"与"攻击"协同作战技术，并于当年 12 月 6 日起，担负起暗夜打击 P－2V 侦察机的战斗值班任务。

到 1963 年，空军认真贯彻罗瑞卿总参谋长提出的"海底捞针"的指示，总结推广作战经验，采取了一系列行之有效的制度。

当时，驻南昌的航空兵第二十四师副大队长王文礼和战友们下决心说："一定要苦练打下这种飞机的空战本领。"

在训练中，王文礼有意识地在漆黑的夜色中，对周围目标进行观测标定，锻炼暗夜发现捕捉目标的能力。而夜间作战，发射炮火后往往眼瞳被耀花，一击不中，敌机会乘机逃跑。

为了锻炼开炮后视力适应的能力，王文礼买了一个手电筒，有空就对着眼睛照一下，然后继续观察目标。王文礼反复练习，寻找规律，终于能又牢又稳地抓住目标……

夜间低空战

"神枪"和"神炮"双机升空

1963 年的春天刚刚来临，在一天深夜 23 时，一架国民党 P－2V 侦察机窜入苏北上空。

发现敌情后，地面防空指挥部马上各就各位，这时指挥员大声命令说："801，月亮03，松涛32!"

这是什么意思呢?

这些暗语的意思是：敌机的高度是 300 米，速度是每小时 320 公里。801 是解放军飞行员的代号，是驻徐州某独立大队飞行员徐道。

原来，由于 P－2V 侦察机上有专门的侦听人员，解放军空地间的指挥就使用暗语，这样才可以防止敌机逃窜。

空军高射炮兵与探照灯兵以及陆军隶属的高射炮部队，根据 P－2V 活动的规律，采取堵口设伏和机动设伏相结合的方法，组织机动炮群在各地多处设伏予以打击。

这个时候，飞行员徐道驾驶着战斗机已经升入了高空，朝着敌机的方向快速接近……

地面指挥员又命令："801，敌机高度150，方向360，速度300。战区平原地，你继续下降搜索。"

徐道回答道："明白!"

空地间开始用明语通话，地面继续通报："801，向左修正 5 度，敌机正前方 3 公里。"

徐道回答："801 明白。"

地面指挥所不停地通报："注意雷达搜索。"

"3 公里，2 公里……"

突然，耳机里传来一声洪亮的命令："801 开'神枪'，802 开'神炮'！"

所谓的"神炮"就是：为配合各独立大队打 P－2V 侦察机，用轰炸机空中投放照明弹，这个行动方案叫"神炮"，在前面已经提到了。

在徐道的 801 起飞后，装着照明弹的 802 战斗机也升空迎敌。802 飞在 801 的上面，保持战术联系，但 802 始终保持无线电绝对静默。

当徐道靠近敌机，与敌机仅有 2 公里距离时，敌机还没来得及施放干扰，指挥员便下达了口令："开'神枪'、'神炮'。"

"嗵！嗵！嗵！"802 战斗机在高空打出多颗明亮的照明弹。

夜间低空战

"刷"的一声！徐道的 801 战斗机打开双"神枪"。顷刻间，战区的夜空犹如白昼一般，把方圆数公里的夜空照得清清楚楚。

徐道终于看清 P－2V 侦察机的真面目了，它深绿色的机翼几十米长，悬在肚皮下的几部侦察器如同黑色魔爪显露出来。

徐道激动地向地面报告："801 看见敌机了。"

共和国的**历程**·空中较量

　　地面指挥员马上向徐道下达命令："打！给我狠狠地打！"

　　这是徐道第一次看见现实中的 P－2V 侦察机，虽然他平时能把 P－2V 侦察机的性能、数据背得滚瓜烂熟，他还把 P－2V 侦察机的小模型吊在宿舍、摆在机场，天天都盯着它看，做梦都想打下它。

　　可今天看见真的 P－2V 侦察机了，徐道心里别提有多高兴了，没等地面指挥员的口令说完，徐道就按下了发弹按钮，空战激烈地进行……

"801" 请示撞下敌机

"嗵！嗵！嗵！"徐道朝着敌机连续发了一连串的炮弹，可是，徐道却发现炮弹在 P－2V 侦察机的肚皮下面爆炸了，根本没有命中敌机。

徐道自语道："瞄准点低了。"

之后，徐道一面拉驾驶杆抬高机头修正瞄准点，一面双指按着炮钮不放，他怒视着敌人，就像在地面上端着冲锋枪杀入敌阵！

"嗵嗵嗵，嗵嗵嗵……"

在"神枪"、"神炮"的照射下，敌 P－2V 侦察机无处藏身，它在高空中左闪右闪，但躲来躲去都在解放军飞行员的视线内。

徐道自语道："P－2V 侦察机怎么还没被击中？"

徐道看到敌 P－2V 侦察机如老鼠见了猫一样逃窜，却不能击中它，心里非常纳闷，于是他重新检查自己的攻击动作。

徐道恍然大悟，原来是自己的眼睛欺骗了自己，自语道："开炮距离远！可不是嘛！"

由于 802 战斗机高强度照明弹和徐道 801 战斗机"神枪"的光照，敌 P－2V 侦察机被映照得一清二楚，连青天白日的机徽也清晰可辨，而且飞机个头特别大，

夜间低空战

比解放军的飞机大多了！

因此，徐道产生了误远为近的错觉，再加上他急于把P－2V侦察机打下，开炮太早，炮弹自然打在P－2V下方或后面了。

这个时候，徐道冷静下来想了想，在找到真正原因后，他一加油门直追上前。P－2V侦察机的速度小，近音速的801战斗机很快就追上了敌机。

徐道看清后，用力按下炮弹按钮，糟糕，怎么听不见响声？徐道用手指又狠狠地按了一下，仍然不见响声，这到底是怎么回事啊？

徐道突然大叫道："啊！不会吧……机上的炮弹方才已打光了。"

敌P－2V侦察机仍在前面光亮处飞着，徐道急出一身冷汗……

地面指挥所又发来命令："801，801，敌机正前方，继续狠狠打！"

徐道又狠狠按下炮弹按钮，他确信炮弹已打光，但他怎能在这个时候退出战斗呢？

徐道深深地明白，"神炮"的照明时间是有限的，是以分秒计算的，再让战斗机升空攻击敌人已经没有时间了！敌人今天来袭了，这千百次难得的机会难道就这样再次放过？

突然，徐道咬了咬牙，对地面报告说："1号、1号，801报告，炮弹已打光，801请示撞下敌机！"

地面指挥所人员一下全愣了！飞机撞飞机？难道要与敌机同归于尽？

这时，无线电里传来地面指挥员口令："801，801，待命行动！待命行动!"

这样的冒险行动，作为师一级指挥所的指挥员自认为决定不了，要请示上级，于是，暂时让空中的徐道待命行动。

地面指挥所马上向上级请示，电话很快打到了军指挥所，但军长听了以后也犯难了，不知道是否同意徐道的决定，于是，军长又请示到军区、军区又请示到空军总部……

如此危险的空中行动，各级首长都不敢轻易拿飞行员的生命做赌注，电话一直请示到军委罗瑞卿总长，问他该怎么办。

时间一秒一秒地过去了，这个时候徐道还在空中焦急等待着上级的命令，徐道又一遍遍地请示撞机，他已经把生死置之度外了。

但地面指挥员的回答仍是两个字："801待命！待命!"

徐道下意识地紧紧安全带，他坚定信念，等待着庄严的命令，神圣的一刻就要来了。

地面指挥员忽然对徐道命令："801，801，退出战斗，返航!"

这最后的决定，是罗瑞卿总长作出的。罗瑞卿总长从北京打来电话说：

夜间低空战

飞行员精神可嘉，但技术还不过硬，回来好好总结经验就行了。留得青山在，来日方长！

徐道沮丧地退出战斗，他的眼泪在流，引擎在泣诉。

徐道虽然没有撞机，但他的勇气仍然得到了上级领导的表扬，成为大家心中的英雄！

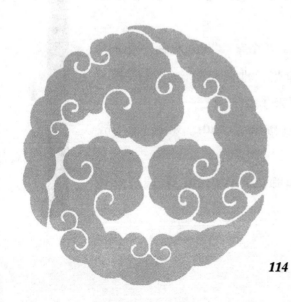

周恩来接见"夜空猎手"王文礼

1963年6月19日20时42分，某雷达部队紧急报告说："敌P-2V侦察机一架，由浙江路桥东北窜入大陆，飞行高度为200到500米，请求空军部队截击！"

担任空二十四师独立大队副大队长的王文礼，奉命起飞截击。

在这次战斗以前，王文礼和他的战友们曾多次同P-2V侦察机交过手，但始终没把他揍下来。王文礼和战友们憋了一肚子气，他们下决心一定要把P-2V侦察机打下来。

怎么办？练！在部队党委和首长的领导下，他们又认真地研究了多次与P-2V侦察机作战的情况，总结了经验教训，并分析了敌机的特点和活动规律，终于找到了克敌制胜的方法，并投入了紧张的作战训练。

王文礼更是把整个身心都用在了训练上，就连爱人生病住院也没有分散精力。终于，王文礼熟练地掌握了跟踪技术，不管目标怎么机动，他总能稳稳地抓住它。

1963年6月19日，击落P-2V侦察机的机会终于到来了。

这天深夜，我雷达发现一架P-2V侦察机，高度200米，从浙江路桥东北窜入大陆。这架飞机在大陆上空活

夜间低空战

动已达 3 小时 50 分，航程 1000 多公里。一路上狡猾的敌机施放干扰，实行机动摆脱，骗过了我起飞拦截的 8 架飞机，20 日零时 32 分，向王文礼所在部队的防区飞来。

"进入一等！"指挥所发出了战斗警报。

空军江西向塘机场，早已在米格－17 波爱夫型歼击机座舱里待命的王文礼，一面打开无线电准备随时接受起飞命令，一面考虑着已制定好的方案。他竭力控制着兴奋的心情，但心里仍然非常激动，就像陆军时在战壕里等待冲锋号一样。P－2V 侦察机是"老相识"、老对手了。几年来，没有打下 P－2V 侦察机，他吃饭不香、睡觉不甜。今天敌机又来了，消灭敌人的梦想就要实现了，他的心情怎么能不激动呢！

"518 开车！"耳机里传来了指挥员响亮的声音。

王文礼驾驶米格－17 波爱夫型歼击机腾空而起，向战区疾驰。

"518，春天。"

王文礼一听到领航员呼叫"春天"，知道离敌机不远了。他聚精会神地搜索着，恨不得一眼就发现敌机。

"夏天……秋天……"领航员不停地通报着敌机的距离，每一声通报都叩击着王文礼的心弦。

"为什么还没发现敌机呢？"王文礼问自己，"难道敌人用了新的干扰装置？要不就是我的航线不对？"王文礼边思考，边继续搜索。

"冬天……在一起啦！"领航员叫道。

一听"在一起了"，王文礼知道此时自己已经冲过了敌机。冷静考虑一下后，他知道这是由于和敌机高度相差太大所致。他冷静下来，请求下降高度，再次接敌。

重新进入后，王文礼很快发现了目标。他突然高兴起来，心想，这下可把你抓住了，便轻轻地操纵着飞机，向敌机接近。

"狗强盗，有什么花招你就使出来吧，反正你是跑不了啦！"他一面压坡度跟上去，一面调整方位。速度过大，眼看就要冲过去了。王文礼心里想着："沉住气！稳住！"以精湛的技术调整了跟踪动作，再次咬住敌机。等他调整好方位正要按动炮钮的时候，敌机忽然向左机动，一转眼，目标不见了。

"狡猾的东西！"王文礼心中愤愤地骂道。他根据敌机机动的方向，继续搜索，很快又发现了敌机。糟糕！交叉角度太大，冲过去了。反转搜索，也没找着目标。

王文礼真的恼火极了。难道这一次还让它偷偷地跑掉吗？不行！坚决不行！打不掉你，我撞也要把你撞下去！王文礼下定了不消灭敌人誓不罢休的决心，再次请求地面指挥所引导他接敌。

这时，敌机已飞临山区，如果让它进入山区，拦截难度就更大了。不能让它跑掉！地面指挥员果断地命令王文礼改变进入方位。在领航员的引导下，王文礼很快又在漆黑的夜空中发现了敌机。

这次王文礼吸取了前两次的教训，一发现敌机，就

夜间低空战

减速靠近。

敌机又做起惯用的左右机动飞行来摆脱攻击。王文礼始终紧咬敌机的尾巴不放，当修正好方位、进入有效射程后，他立即向敌机开炮。可惜，因提前量过小，炮弹在敌机尾后爆炸了，没有打上。但开炮后王文礼没有即刻脱离，而是继续死死咬住敌机不放。他轻轻地操纵着飞机，一点点地逼近敌机。已到了最有利的射程之内，王文礼又一次狠狠按动了炮钮，敌机顿时浓烟、烈火滚作一团，摇摇欲坠。

"着火啦！"王文礼激动地喊着。

"什么？"因为王文礼过分激动，报告不清，地面指挥员在询问。

"敌机被打着啦！"

"打狠一点，不要叫它跑掉！"指挥员又命令道。

"它跑不掉啦！"王文礼对准下坠的敌机又发射了一排炮弹，然后大声报告。

接着，王文礼在赣中临川地区上空盘旋一周，见敌机确已坠地爆炸后，才驾着矫健的战鹰，带着胜利的喜悦返航归来。

被击落的P-2V侦察机机组14人全部毙命。

1963年6月28日，周恩来在北京接见了飞行员王文礼、领航员张健和空24师师长王子祥，表彰了他们的功绩。空军授予王文礼以"夜空猎手"的荣誉称号。

参考资料

《空军征战纪实》 王苏红著 解放军出版社

《中国空军百年史》 华强等著 上海人民出版社

《号声扬空军》 董文先著 解放军出版社

《开国十少将》 宋国涛著 中共党史出版社

《新中国军旅大事纪实》 张麟 程秀龙著 湖南人民出
版社

《海滨激战》 本书编委会编著 河南人民出版社

《震撼人心的历史瞬间》 樊易宇 邓生斌著 长征出
版社

《解放军英雄传》 本书编委会著 解放军出版社

《五十年国事纪要》 余雁著 湖南人民出版社

《国史全鉴》 本书编委会编著 团结出版社

《高歌向海洋》 本书编委会编著 福建人民出版社

《台海对峙六十年》 本书编委会著 中华传奇出版社

《共和国之战》 李建著 中国社会出版社